紫露秋黄

裴彩芳·著

晋军新方阵 —— 第二辑

这批青年作家没有放弃文学，而是执着地、不为时潮所动摇地踏上写作之路……他们矢志不移地坚持笔耕，写出了一篇又一篇作品。经过十多年的努力，这批作家逐步寻找到了属于自己的特色。现在，他们的创作正趋向成熟，势头看好。

山西出版传媒集团 北岳文艺出版社

裴彩芳，曾用笔名伊路青鸟、灵犀、伊人。山西临汾人，山西省作协会员，临汾市作协副主席。文学作品散见于《诗刊》《诗刊·下半月》《星星诗刊》《诗潮》《大诗歌》《黄河》《山西文学》《大河诗刊》等刊物。曾获《黄河》年度诗歌奖，临汾市"五个一"工程奖，《平阳文艺》优秀诗歌奖。已出诗集《午夜的探戈》《石斛兰》《钓月的人》《益母草》《散十四行》。

全方位展示山西青年作家创作成果

——《晋军新方阵·第二辑》序

杨占平

　　山西的作家队伍，从"山药蛋派"到"晋军崛起"，再到新世纪以来的"晋军新方阵"，是一支阵容强大、实力雄厚、结构合理、成果丰硕的劲旅，在全国文坛令人瞩目。这支队伍中的青年作家，已经初具规模，成长为举足轻重的力量，成长为备受瞩目的文学新锐。

　　这批青年作家大抵在三十岁到四十岁上下，创作时间有长有短，创作实绩也参差不等。但是，这支年轻的作家新军潜力不小，他们中的几位佼佼者已经在全国文坛具有了比较大的影响，在一些国际和全国性重要文学评奖如世界科幻文学界最重要的奖项之一"雨果奖"、国内文学界最顶尖的"鲁迅文学奖"、全国优秀儿童文学奖等，以及有着广泛影响的专业评奖和报刊评奖中榜上有名，是各类权威性文学选刊上的常客。

　　我以为，这一代山西青年作家的成长，比起他们的前辈来，在文学生态方面还是有些艰难的。文学创作进入新世纪之后，随着市场经济大潮的全面冲击，整个文学态势逐渐失去往日的辉煌，开始趋向边缘化，像 20 世纪 80 年代凭一部作品就可以一夜走红、就可以获取到意想不到的名声和地位的局面，已然成为历史，笼罩在文学界和作家头上的光环悄然消失，一些有成绩的作家纷纷弃文转行，而大批文学青年的作家之梦也被现实打碎了。就是在这样一种不合时宜的时代背景和文学气候之下，这批青年作家没有放弃文学，而是执着地、不为时潮所动摇地踏上写作之路，使得山西的作家队伍避免了"断代"现象。这批青年作家大部分生活在基层，供职于中小城市，生活条件并不宽裕，只能在工作之余从事创作，有很多困难。可贵的是，他们矢志不移地坚持笔耕，写出了一篇又一篇作品。经过十多年的努力，这批作家逐步寻找到了属于自己的特色。现在，他们的创作正趋向成熟，势头看好。

为了集中展示当今山西中青年作家的创作实力，省作家协会 2013 年决定推出《晋军新方阵》丛书，并且于 2014 年选择十位小说作家的代表性作品，出版了第一辑。甫一问世，受到文学界和读者的好评，进一步坚定了我们继续做这件事情的信心。于是，今年推出了第二辑。这第二辑与第一辑相比，还是有一些变化的，主要是在文体上有了扩大，从单一的小说变为小说、散文、诗歌多门类，这样就显示出文学创作的全方位和多元化。

《晋军新方阵·第二辑》虽然文体上扩大了，既有小说，也有散文、诗歌，但是，从创作思想和表现方法上考察，这一辑入选的青年作家，跟第一辑作家还是相似的，仍然是继承了山西前几代作家的优良传统。比如他们对急剧变革的现实生活的热切关注，对普通民众生存命运的体验与表现；比如他们在艺术表现方法上基本使用的是现实主义手法，同时也注意吸收其他创作方法中有益的成分。我们注意到，这一代青年作家刚刚涉足文坛的时候，正是国外各种文学理论乃至整个社会科学思潮和国内各种文学主张盛行之时，客观上对他们的创作会产生或多或少的影响。当然，这种影响既有正面作用，也有负面效应，总的看，却是有利于他们在继承前辈作家传统基础上，形成比较开放的、具有时代精神特征的创作风格。

我把这些青年作家的创作特征，大致归纳为三个方面。首先是他们的作品呈现出了社会现实的丰富性、复杂性与鲜活性。像第二辑中李来兵、陈年、曹向荣、刘宁、张暄等人的小说，绝大多数是描写当代社会生活的，他们笔下的人物身份不同，但都是很有个性的，真实地折射出当今人们的思维方式、生存状态。由于这些作家一直生活在底层，跟大多数普通人一样，亲身经历了乡村、矿山以及中小城市的一系列改革动荡，可以说，改革的每一步历程都与他们的生存命运息息相关。这种切肤之感、这些命运攸关的体验，倾注在他们的作品中，就逼真地再现了现实生活的丰富与生动，具有了一种原汁原味的特色。

其次是他们有比较敏锐的艺术感受能力。读这些青年作家的作品，特别是散文和诗歌，比如第二辑中赵树义、白琳、汉家的散文，裴彩芳、温建生的诗歌，我能感觉到很少有那种苦涩的理性思考和个人狭隘心态的宣泄，更鲜有那种居高临下的讲话姿态；他们总是以一颗平常心去感受和体验世界，感受和体验人生，感受和体验写作，这样，他们就能够比较准确地把握住事物的基本特征，敏捷地洞察出人物的心灵奥秘，人物和场景在他们的作品中既表现得真切、自然，又具有他们鲜明的个性判断力。

第三是他们在艺术探索上不拘一格。这一代山西青年作家在艺术表现上，除了上述总体上的相同点外，细分起来还是有几种类型的，有的倾向于现实主义方式，有的侧重于现代手法，有的则介乎于二者之间，呈现出一种多元化的态势。这种态势正是文学创作规律使然。艺术探索之路永无止境，尤其是青年作家还处在成型过程中，更需要在艺术上尝试多种手法，最终形成自己的风格。

在充分肯定当今这一代山西青年作家已经取得的可喜的创作成绩，并成为整个山西作家队伍中一支活跃的群体前提下，我也感觉到，他们的局限和弱点还是显而易见的。同前几代作家相比，在生活体验的广度和深度上，他们跟赵树理、马烽等老一辈作家相比，还有一定的差距，尤其是老作家们以对农民命运的深切关注，以通俗易懂、流畅明快、幽默风趣的语言特色，以直面现实、努力揭示生活矛盾的精神追求，形成了自己的独特风格，并且被誉为"山药蛋"文学流派，这是青年作家还需要不断磨砺才能企及的；在理论素质和艺术修养上，他们还不像成一、李锐、张平、周宗奇、韩石山、张石山、钟道新、哲夫、蒋韵、赵瑜、王祥夫等"晋军崛起"作家厚实，特别是这些作家靠各自有个性的作品和文学主张，能够让全国文学界不可忽视的地位，就值得青年作家好好努力了。

如果我们把目光放得远一些，同江苏、上海、北京、广东等地与山西青年作家同龄同代的作家相比，他们的局限与弱点同样是十分明显的，主要表现在他们的知识准备相对较弱。那些省、市的青年作家绝大多数是正宗名牌大学毕业生，有些还有硕士、博士学位；而山西青年作家中接受过名牌正规高等院校教育的还不多，这就使他们在知识准备上显得有些先天不足。当然，能否写出好作品，并不完全取决于有没有名牌正规大学的文凭，文学史上靠自学成为大作家的例子也不少；但是，我们都知道，现在的社会是知识主宰一切的时代，社会的发展主要是靠知识的推动，无论从事何种事业，都必须要具备扎实而广博的知识，才能有所成就，当作家也脱离不了这个规律。此外，由于那些省、市地处改革开放先进区域，经济和文化都比较发达，青年作家们接受新事物和学习先进的思想文化，自然比内地同行要快一个节拍；而山西青年作家地处改革开放比较落后的区域，对于许多新事物和新思想的接触，不免要晚一定的时间，于是，在观察急剧变革的现实社会方面，在使用艺术表现手法方面，都难以跟先进省、市的同行同步。不过，我认为，山西青年作家们已经意识到了他们的这些局限与弱点，正在虚心学习别人的长处，努力克服自己的不足，他们是有可能创造出新的辉煌的。

二〇一五年十月

目录

辑一 闪烁的影子

辑一

闪烁的影子

锦瑟

这个夏天在雨中摇动
一些蚊蝇旋飞，施展本领的样子
高处的眼睛和没有开启的门
背身而消失的生活的另一面
渐渐凝聚、陷落、漂泊
我不知道自己害怕什么
铺开宣纸，静静
静静地……

岁末

走在这座城市，带上旧约
在另一座城池中徘徊

从你的世界
我倾听分针子时的回摆
和陌生的宫殿
黑色的火焰弥漫天空

从此，我们展开新一年的语言
翻阅初始的日记
墨迹晕染中旋转成圆
一张面孔，一双眼睛

祭屈原

默默伫立，向远古的这片楚地，渐渐远逝的人，擦肩而过，似曾相识，一袭蓝衣，都是我笔端的色彩。背身相别，悲情和孤魂宛若苍穹一线，划破天寰。

——题记

之一　五月粽米

啜饮着五月的漫漫长旅和尘风
在你的土地我的故国
且行且吟

茵陈蒿、艾叶、菖蒲、蝶衣
和微风轻送、悠悠远飘的魂
任清露浸湿单衣
故国若风，皓月依旧
轻合书卷袭入上古的风花雪月
谁失却了疆域？谁的昏庸的君
舍弃岂止一个赤烈的魂
那是一片热土、一方臣民

一簇白马鬃

无依艾草怜抚着脚踝
四散米香漫过汨水
你的黑夜不是黑夜
白昼不是白昼
你的故国不是故国
难苦岂止难苦

诗笺利刃穿越五月
楚地的诗灯
把一座东方城池一盏盏拨亮
诗门开放之处
一个新祖国从汨罗河到长江流域
从秭归至中原、黄河沿岸
水雾轻散，冰河开来

涌潮般的河水
载着一位歌者从前世走来
站在诗的高地，向我拂袖长吟……

之二　五月女人

在汨罗河畔寻归的女人
她的泪化作返青后
盈盈麦绿无法遮掩的河流

浪花拍击堤岸
这个五月
沉默着远古的石头
还有那枚翘盼的月

她的男人
昼夜徘徊的土地
诗魂叩响河床
她的男人
缨带飘逝的水面
低婉唱起
沧浪之水清兮，沧浪之水浊兮

谁家的男人的妻
为什么沉默无语
这千年流放，夜夜清辉
贴上诗笺的碑
谁家的女人的郎
这不朽篇章日日骄阳
融入词汇的网

谁家儿男的泪
为什么这般挥洒如雨
是重播远古的忧虑从深水中传出
还是凝望亲人的亲
从另一个国度走回

谁家人子的心
属于哪位善于等待的妻
可否守住落难者漂泊它地
站在汩汩流逝的河畔
把一页页历史存贮

这个五月的女人
从九州大地上返青、发芽、怒放
花骨朵般——香熏万里

之三　五月心牢

思念的五月，坚筑高墙
禁锢旧梦，与起始时间隔绝
远逝和纷杂世事
只留一袭白绫、一双眼睛、一纸离骚
徐徐道来的往年，带着尘世和故国

禁锢一片树林
蝉鸣、翠叶抖风，放弃奢华
和留滞于千年、残迹的词句
不曾形成粽香的古言古语

凝固一首诗
端阳、溺水、相别

抵达孤寂

一个人的心词、动作、微愁

始终不渝、刻骨铭心

和带走的殇事、志趣、失意

在秭归内外，山水河川依旧

红尘依旧，孤灯泪

品读、纠结、难忘

于梦里相遇，一袂青衣

梦外属于自己的那片水

躺在一颗心上，你的土地

我的故国满目疮痍、伤痕累累

无法承载一盏灯、一支笔、一首诗

和一个行吟的灵魂

载着前世的你

飘忽不定，悠悠飞来

梨园

1

在梦的千里之外
梨花落满旧村落的门前
你扯出少妇的嗓音
喊痛了我的童年
我日渐长高的身姿
逼白了你乌黑修长的发丝

童年那片梨树园消失了
我从飞驰的往事中一路寻来
从晋南青青白杨、婆娑垂柳
驶入灰黄的远北，一片桃红梨白

千里迢迢，只为曾经有约
花朵扬起的盅盏，使我闻香已醉
吸一口浓郁的花香
追回嬉闹里的童年

满园梨花，粉黛相濡
一群衣着华丽的现代人
走在春梨白的园子
风一吹便散入树丛，飞起剪剪蝶衣

2

托起梨花的绿砚台
从四月黄土垣上皴批飞白
一声浓厚的长歌
引出山里人赶追羊群的喝喊

燕雀归来
这些黄土坡上的农家院
被高挑的女音、浑厚的男音
丝丝萦绕
这些远离故土的客
从打拼、伤怀中而来

莲花山的石案上镶嵌着
集体放笑的容颜

我把这种轻松带进孤灯下
把周身疲惫轻轻摇落在寂夜中
满载双目垂帘下的盐粒

3

修剪树皮的老人
像一只待飞的鹰攀在梨树上
我轻踮脚踝
不想惊动他作业的专注

油然而生：
去年梨花已落雨
而今满枝暮霜白

看着由远而至的客人
老人乍笑的皱褶里
泛黄皮肤幽幽亮开
那双老手机械地刮着黑树皮
露出一层层岁月遗留的伤迹

面对缀满村野的梨花
我无法不驻足凝望
来来往往的诗人
可否捡起那片鳞状的树茧
重新审度

一场梨花会、一组新词语

4

她们坐在土坡上溜滑梯
她们有着村里娃的野性和泼辣
会在上学的路上出没山林
三五搭伴地采集松子、木耳、蘑菇
会跟着大人砍柴、打草、挖参
采摘山果

她们是山里人的孩子
用一双好奇的眼睛看世界
看风沙扯开的黄土地
梨花苍白、杏花憔悴
还有那些黑色泛紫的枝干
守着北方的荒漠，被风抖落花瓣
落在黑衣女的肩头

你无法不想象远扬的天籁之音
把一群山娃娃紧紧地牵绊于
一位女人宽绰的怀中

梨丛装满她近乎失语的沉默
一排排开放的花朵
宛如一首首激扬的诗行

和无数片叶骨相互碰撞
花朵飘落后露出伤疤和受孕的秘密

5

那棵茂密的梨树
繁花拥挤的枝头
一位农人拿着小勺来回点染
仔细地抚弄这些花瓣
他在做什么？
农人说：这种新嫁接的品种
个头大、味美、香脆
但必须人工受粉，不然不结梨子

农人的双手在梨树上奔走
一朵朵待放的花蕾、芯蕊
似一个个含羞的女子
仰着洁白的项颈，默默翘盼
它们也在期盼一场雨
将日子打开，带来孕育的喜乐

6

我走了，飞驰于梨花纷飞的蝶上
不用告诉你我属于哪一朵哪一瓣
我走了，零落于春树扬飞的枝头

不告诉你我徙居于哪条河哪个梁

我走得匆匆，不曾与梨花有过约定
可是你知道，我一定是因你而来
那些在尘土中，白花花的梨树
它们不知道我走了多少里路程
它们静静地开放、静静地守候
不惊动一颗草粒，也不扰乱一场春会

我走了，从北方这片诗园
向南向东，向着太阳启语的地平线
开始一次漫长的孤旅

等

我把这样的日子灌进七彩
在无限丰盈的墨色里
等一件事，一个人
其实我知道，生活中没有这样的人
也不再会有这样的事

它把我举出尘界的高处
跃出胸膛的骏马
用十万里的宣泄定格小小的
没有一丝分量的等
多么简单的一个字，却装着痛和无依
思和忧愁，关于生命、爱
我多么想，我放弃了

鸽子

不时回落在窗前的铁栅栏上
颈项灰白中点缀着黑色的雀斑
久久不舍地在我的视线之内
伫立、凝望、继而在房屋周围
抖羽、展翅、上下盘飞

不知它为何如此流连忘返
似已恋上青砖、陶瓦、飞檐
静谧一隅，古旧的墙裙上
树冠遮蔽的窗棂，稀落地
挂着一枝藤蔓攀出屋顶
梧桐、亭台、溪水、空寂地围着一个女子

那只跌落在护栏上的鸽子

磕头般地点倾着身子，站立不稳
嘴巴在玻璃上不住地啄
木格榫卯上一层灰黄不落的尘
是在守住流逝的岁月
还是在思念一个离去多年的朋友

那只鸽子灰白颈项上黑色的雀斑
轻轻点点，疏密不一

我还是曾经的我
门前的房子已面目全非
鸽子可是从前的那只，它轻飞
高悬、倒挂、独守，都是从前的样子
唯有一双绿豆似的眼睛浸着泪
从不流出半滴

走前

我已走了，我没有走
谁这样轻吟？用低微的口气
看那苍茫的山脉，春色已去
我谨小慎微地护住已千疮的心

放下笔，看着一个背影
睡帘轻撩的摆动，摇醒浅睡的海滩
和淋漓不止的哭泣，一种新语言
一个返身执拗的中音，像梦
原生态、纯野性的本能
不已

而山河破碎，肉沫横飞
失忆的玄幻镜前，风草无依

我不曾记起，前一方指南
上一个中月，新垒砌的堤
方字、血迹、遗言，没有忘却的
斗方禾苗、麦粒、雀飞

一树牡丹的书香

1

走向牡丹园，一路锈铜缄默的长旅
越过岁月，越过母亲河曲折的胸腺
深深瞩望，随风玉颜消损殒
在历史的卷册中，依稀略见受伤的双翼

不以逆时而事皇权
傲然不开的花骨
永远象征孤独、美丽

淳朴、善良、晶莹、洁美
雨露风尘中最亲的语言
和白牡丹更白的鬓发

使我无法不想到：母亲

"为什么我的眼里常含泪水
因为我对这片土地爱得深沉"

2

想掬一把黄土
用最土的方言记录
岁月无法停歇的无奈
想站在韩母村的高处
仰望涧水之间，星转斗移

牡丹仙子垂怜的子民
依然守护着清洁的精神
救苦救难

想走过三合、石壁
走过历史遗落的青板街
三间桥，看那古稀老人
捋着沧桑的胡须，轻轻吟诵：
"廉颇老矣，尚能饭否？"

像洁白的云朵，一卷一卷
无限绽放又迅疾消瘦、凋落
而"我必须忍住：忧伤"

3

（走在乡村，一排排蔬菜大棚
都是他们逗留的理由
每一位诗者各自寻找涉入的视觉）

我难以忘怀的是一座座小木屋
棕黄色的一组、两组、三组
零散地点缀于密林之间
这世尘之外的下午
我看到一处高于烟尘的净地

泉水、石头、天籁的声音
沿着一条嵌着鹅卵石的小路
向深远延伸

涓涓溪水在红岩之间
像汩汩流淌的热血
嘶嘶燃烧的舌根上的焰火
使我无法扼住胸中的骏马
向着未知的岸，又一次飞跃

我总想一个字

一个能忘记痛苦、忘记亲人、也忘记路的字
一个能忘记仇恨、忘记诺言、也忘记回家的字
我安静地看着你的微笑，看着你脸上挂满岁月
我淡定地看着你离去的背影
我看着你拒我于千里之外后，夹一支烟，燃烧时间

剩余的日子，我想，你和走在海边观景的那些人一样
不时地有惊喜、有庆幸、有艳遇
你看到鲜花那么艳，她却不是你的女人
你看到风平浪静，一段往事搭上了白帆，向远方游

肃杀，这个词和人没有关系，和你也没有关系
我却想象，你在寒霜席上卷起肃杀的深秋
了断了我们的尘缘

这样我离一个字会更近一些
就是那个字

（写这首诗时，雨停了，夜空有星星闪烁。）

紫露秋黄

那么，我就把你的泪挂在紫葡萄上
勾出秋黄里的情绪
我不能向人说：失落和沉寂已
笼罩整个季节

雀燕低语着不想告人的秘密
爱情羽毛遮蔽眼睛

抖落消淡的年光
把发黄的契约加上红印章
写出那个鲜艳的名字，和
它的主人、那些衣裳
一座山、一条河、一个城堡
很多流言蜚语、故事

情节中隐隐传来抽泣

而我，独自沉浸雀鸣中的
静

萨福

那块岩石，仿佛石化后的你
有岁月遗留的斑驳、血迹、泪痕
有你无可奈何的青春和失意
你所说，岩石传递给人类

伫立、凝望、锁住自己
仰卧，闭合双目，被飞跃的水花
来回摔打，似灵魂受洗
你焦渴的躯体在音乐中升华
一张网，套牢了苦日子
一个影子和那个年代擦肩

千年留守的岩石上

一个冒失的女子花瓣一样

纵身化蝶

哈亚姆的"柔巴依"

然后，我躺在隔世的尘上
和远古的你对话。心源
你能听见有深深的幽怨来自
墨绿窗外飘荡不落的秋黄

无名指上退化的金色
和黎明失眠的轻唱
正巧经过中年某个夜
和写出的那组号码相遇

我知道这些文字和你相距
千年之久，而时光流逝的
分分秒秒中，我们的名字
同落在虚无的年岁上

入冬的第一场雪

不知道是洗刷尘埃和污垢
还是试图清扫四季忧愁
整个世界被灰白的雪片围困
晨光浸在阴暗之中
也浸湿了那些多愁的女子
她们是不是如我
伏在窗棂上
怎么也看不见雪白
雪白

没有我的发丝白
也没有父亲临终时的脸色白
还有远逝在母亲牵我行走的雪地
一串人字形的脚印中

雪白的童年

那些挂在雪人脸上的口是心非
玩世不恭已经消失了
我却一如既往地在生了我的地方
买菜、做家务、失眠

如果是这一天

这样一个凌晨
听到急骤的敲门声
你轻唤我的名字
在街灯退白的巷口
你喊醒了沉睡小城

我拼命地跑
在空荡荡的街道
一只流浪狗
一个背着破棉被的老人
他旁若无人地捡垃圾
嘴嚼、自言自语
瞥我时淡笑

我追着往事与门前的梧桐说你
它记得你的样子
它记得你青春变粗的嗓音
还有波纹年轮上雕琢的那只鸽
衔着人生
从褐色皱裂的黑土上
盘飞

听我说，听我说

你说：这可能是最后一次到我家

你说：你再也走不到我的家了

窗灯亮时，你伏在窗前的身影，印在我经年的整个夜空

——题记

对面能看到窗外钢制防护网

铁艺镶嵌的蝙蝠图案处

一只鸽子"咕、咕……"

一个身体拙臃的胸线

曲项探出飘窗的鸟瞰

在清寂的夜延伸五公里外的疼痛

和儿时

母亲怀中左膝右背

我想说：你且把窗桄榫眼拧紧

春寒料峭时可否挺直身子

用脚趾踩住刹车再送我一程

我想说：如果你再扛住一年春天
让那只鸽子衔着病难
我们重新回到母亲双背舒展的往年
左山头上紫丁醉
右窗月前霜露寒

你站在子时单薄的衣袂里
接过一盅注满诗语的杯子
吞下星辰的药粒
听我说，听我说……

雪地

像棉花似的盖住了麦子
也有我的脚印
和我经过你时徘徊的心情
那些往事和纷纭

不要揭开啊
不要轻易流露
一场过冬的情趣
和我看到的风景
两只寒鹊在雪里飞翔
栖落在枝头的一瞬
相遇、弹摇

雪花抖落时

我就听见地深处
麦子轻笑
麦子多暖啊
和我经过你时一模一样

黑龙洞

黑龙洞里的游人用鸟的脚步行走
谁也看不到对方
谁也不知道对方

所有的人都试探地伸出手
护挡着自己
我把自己不当自己
我把他们不当他们
那一群远古而来又离去的客人
在这黑色的人间
摸索着

当一线阳光在飘渺处穿越

我好像做了一次古人
又回到了现实

擦伤夜幕的犬吠

我知道
擦伤夜幕的犬吠
把一些呓语扯挂在街灯上
你用消失的方式掩盖事实
还有幌子

我知道很多
我伏在书台上的空白里
用干涩的铅写、画
那些图案、字形

我知道一棵桑树开花的一瞬
比如你回来了

而冰河开化的峰上
那个影子已消失

你是我远方的那条河

阁楼深处
一个孕妇从时间中走出
那是你女人的模样

你询问过我，询问不知年代的鸽子
远藏在青春无名的扉页下
迁转轮回的未知中
等待远方的帆向着浩瀚
时光、命运
茶马古道和暗礁险滩
却逃不出我的生命

看呢，激流奔涌的那条河
经过我

沿着飞瀑青丝的曲线
落睡于清冷白翼的躯体

汛水掀裂堤岸
留下你垦荒的脚痕
和鱼腥盐碱的身体

我揭开一缕阳光绸缎
随风化羽

雨夜

那支枯竭的笔蓄满往事，像这酝酿了整夜的天空，按捺不住满腹心愁，化成滴答滴答的雨声打在窗棂上。

——题记

这个夜晚的雨是一个人的思念
一个女儿彻夜不眠地回忆往事
两年前的今天
父亲奄奄一息地躺在病榻上
女儿满眼的泪水像此刻的雨
禁不住地流啊流

整夜的雨就像两年前的那个问候
来得那么及时
落在我牵肠挂肚的空中
把漫漫长夜洗刷得空旷、透明

这个夜晚像此生的一次小结
如果错，不要吝啬眼泪

把剩下的日子慢慢清洗

长夜过后的天明是父亲去世
两周年祭日，此刻，我想告诉
曾经为我操尽心的父亲
如果你健在
我会不会这样在乎
雨打在我心上的滋味

我想说
如果你还是老样子
坐在女儿身边
我会不会这样无依地
伏在窗棂上和天空一样
整夜淅淅沥沥

这个夜晚我用所有雨水
把心事洗完，把写满往事的本子
洗成了空白
就像过去的我被删除
被化

第十个夜

向深渊延伸
和天国传来告诫
低沉得压湿了发丝
流汗、咳嗽和咝咝燃烧的血液
将黑暗打开
变成黑红色
变成你走时回头的一个眼神

我忘记了所有的言语
与我相关的是什么
疾病、衰老、疼痛

深褐色的背影从视线中
旋转、变小、模糊

然后渐渐消失

你说
人就这样走了

鸟翅上的自由

行动不便的母亲
坐在离我不远的石头上
我却，没有看到她

那么多人
在我思绪的周围
把世界挤得疯狂

这个笼罩着忧伤的夜晚
我的亲人都在人群的夹缝里
如我一样挣扎
再走一段阳光
再扛更多往日
我们都会重聚、复活

在河流一样不变的四季中
千骑跃起飞溅的神蹄
一晃而逝

生命沉钟摇晃、警惕
施加死亡信息
最终像扣住一只自由鸟
把人禁锢在各自归处

咳嗽、视力衰退的母亲
等我穿过人流
找见那块石头
她知道磐石难易
她盼望儿女的心
总贴近乡土裸露的河石
时光之水载着旧年月
流啊流

这个忧伤的夜晚
我看到母亲的眼睛
变成空中的星星
在遥遥远望——人间
这些忧伤、无依的孩子

删除

在一首诗里
删除暗伤、泪水和痛

我是想把这首诗
写成我的眼睛
眼睛睫毛上飘落的霜粒
然后多加一个字：水
它就从我一个人的文字中
流出去
经过森林、山脉、土地

它是寻找尘世的
我的飘渺仍在尘世之外

两次去吴昌硕故里

微雨浸润，水墨和梅子
有你名字镶嵌，有去年五月天气
一行不同年代的女人、男人
不同声音，踩出不同雨点
走进一座旧宅邸

诗书画印排列在一座灰尘满铺的屋子里
蓄水和研墨石，磨出光泽的院中小径
稀稀拉拉散落着几棵小树
那一定不是故人留下的
紫藤缠裹着墙中的宅门
鹅卵石和圆润的砖瓦都沉默无语
它们记得过去

诗和画同展在这座古宅中
古宅主人的脚印，墨迹，昙花一现
我站在粉色伞下，藏起诗人的称谓
对着摄像头无法拭干眼睛上雨水

雨落在村庄，落在经年的古藤上
鲜活和久远

七夕之深夜

用一口深呼吸
带着肺动脉反流
和主动脉反流
带着室缺和已颤栗、疼痛的心脏

所有夜空中弥漫的恶语
亲人脚步下的血迹蘸着故事
举目无亲

还有一个词：曲终
平静如浅水湖的孤独、烟波
伴随昨天你撩起银丝
拭去眼角的盐粒对我说别
我的身体里隐藏着伤口

我的伤口中隐藏着诗句
和那把空椅子，空窑洞
在黑暗中沉默

小西天

1

睡莲覆盖住伤口
刻上历史、功德、形象

榆树皮的双手
把农家日子
拖在果盘上
对着所有经过的客
展露新容

2

攀上台阶，穿过石洞
能看到浮雕悬空的马尾上
金箔流彩叙说

殿前的老树又添新枝
可是，姐姐
你投进功德箱的心愿
已悄悄长在山梁上
凤凰岭的红叶更红了
姐姐啊，那绿中红透
已把岁月点燃
把日子烧得红红火火

3

姐姐，你且把岁月理一理
在合掌期许的榻上
静静坐一坐

你的乡音在天空
浮起层层涟漪
那飞起的斑斓浪朵
可是田园人家的烟火

4

姐姐啊，不要说历史
不要谈悬雕
我们谈经文吧
入眼平生叹未有

你徘徊的石岩上可否记下
十年前孤桐峰的笑声和摩云阁的身影
你挂在双眉间的那朵愁云
如今丝丝菊花绽放的皱纹里
藏了多少个日复一日

殿前的文殊也能记得我们共同的年轻
天空淅淅沥沥地想你
雨打湿的古庵
可否勾起很久远的故事
土地剥开伤口
可是你有感知时的绞痛

紫川河抒情

穿过长廊，任心悦驰骋

————题记

1

想象鄂河坝栏上的风
吹过汾水桥梁
与紫川河并架，两条龙的腾飞
轻唤您，澎湃心潮
浅浅愁丝，一缕

展飞凤凰，向西山映射
翱翔，群星璀璨
环绕九曲护栏，摇曳出炫彩水帘
嬉语从流水游廊里飞出

2

你从不言语，河山之上
耸立九龙纵飞
我们脚船溅飞的曲线
穿越于清水池边的护岸

堆砌一河石卵
写上公元某年
因爱的起点，刻下星月光年
我的故乡，以园林阁楼搭建
忠义为横梁，三生石望塔
红枫启明
雪松依山护河的长风
轻抚古城堡新址

平板桥上，霓虹斑斓
龙凤悬飞于森林之上
我合掌，飞瀑于十八弯弯
又隔一年

3

如果还可相比，两处黄土根系
山石阻隔记忆
冰雹垒砌荒灾

树林失却言语
轻风的兰指弹响跃空琴弦

拂袖拉开帷幕，历史百年
山川依依，涛水朗朗
隐入泉水仙滩
从凤凰岭羽翼上潜入
萦萦环绕，奏响千里婵娟

晋西纪念馆

1

登上云梯，时空倒流
战旅泥泞、艰涩，烽火浸染天寰
前辈的足迹落在虬枝缠札的土地
低浅吟诵，远翔的岁月

你高耸秋风之上
拂袖向前，岩石护卫
青山做盘，挥扬山林河川
隐藏红色标点，词语清白
琴音从碧水间流出
脚步落音，一曲放羊的歌

引出凤凰展翔的姿势
无名鲜血和一组新坟垒起
腾飞的晋西

2

衔着西山的泥土
踏着微雨转凉的秋风
车辙碾压出足迹
鸟鸣呼唤名字，左右相伴词语
我们的想象飞出深谷
冰河开道垣上
你抛掷一颗星星
我举一抹清辉
微尘托起巨轮
追着千年古风长驱直入
又是一茬新庄稼

3

巨大的石塑擎天而立
语言之外，唯有沉默
静立，眼睛放回低眉

我们穿着时光衣袂
和一组彩绘，把灰色年月

搬在日历上
向天有约

老井

像一尊石像竖立在我的字行里
尘封旧社会和荒年传说
像古人的眼睛
打量阳光里修剪的新绿

在一个特殊年代的特殊时期
站在古梨园的阴影中
嗅到历史刻在叶筋间的铜锈

一如那两位坐在柴火旁边
闲聊的农人,白发诉说苦日子
年轻展颜繁盛

站在古井旁边的镜头里

像一盏路边的桔灯
闪烁一下，照亮一小块新芽

沿途

1

一群人藏住自己
秋天原上，红叶说出心情
微雨是山的眼泪
每一座山中的土地
露乳涌出甘甜
想说淋漓，古木深处的村庄
村庄里的梨树，盈盈烟丝缕缕

一朵水花，用力搅转轱辘的人
手握井把，蹬着料石
打起年岁双臂展开长卷
背影贴在山野绿屏之上

2

只是一刹那间，粉绿染上毒瘾
庄稼人的双手，捧起一颗鲜梨
邀明月窗前，一座丰碑
写上色彩和五味，举杯共饮
树影轻摇土地，摘果人的毡笠垂挂枝头
在绿萝密布的梨园冉冉升起
一轮蓬勃而出的红日
淘金者的马蹄弛越晋西土地
九曲环绕间风行水起

3

女人坐在井边，托腮远望
身边的孩子用力踢着草根
身后站着摇井把的男人
金色的长寿菊来回摇摆
一排排树木像一排排古人
从时间中走出
把自己放在远逝的河岸

果树错落单立在古花园上
梨黄挂满山村，坐在梨堆上的女人
粉脸晒得像日子一样红

4

把心举出尘烟，随梵音点燃香火
沿着鬃毛跃飞的血土靠近你
一尊尊玲珑精巧的佛像
嘤嘤低吟，黄土高原上鼎盛的乐篇
镀金的殿堂在一次次变迁中稳如磐石

人间几番轮回
你站在时间的高度
目睹了一个个生命蜕变入尘
岩石上斑驳香痕
青瓦间点点霉苔
和平原上飞翔的鸽子
都与你融为一体
在沁水河上空静静游弋

雨中

母亲没有说话
她用手指着头部、胸口
灰暗而惨淡的灯光照在所有人脸上
映出慌乱、落寞的表情

我在雨水中奔跑的身影
与这座医院中被暴雨打折的花草一样无助
从未说一句话的母亲用眼睛看着我
我却知道她头疼、她心疼
她在液体输入体内时微微侧动的翻身
我却知道，她多想去某个地方

我在雨中疯跑的过程
经历了八十载的人生

她喜欢把我搭在双肩上
亲吻我的脚趾头
她喜欢揽着我在怀中
脸对脸地叫我"小棉袄"
讲春天播种、夏天抢收
讲奶奶的梅花老碗、爷爷的精密编筐

母亲提着灯笼送我的一程又一程
载着小路上的往年
在我年复一年的故乡
随着母亲的离去渐渐遥远
随着救护车的笛鸣
我抱着母亲往家赶的速度
正如我四十年的一晃而过
四十年的日日夜夜在倾盆大雨中
晃来晃去

母亲的眼睛和我模糊的双眼
经历了一次又一次的
交汇、撕裂
和难舍难分

转身

我能看到春天飞回的燕子
在天空中盘旋，屋檐上的鸟巢
有蜘蛛网的痕迹，旧照片
对着我微笑的眼睛，拽着我的衣襟
放不下我的人，她没有对我说
秋后的光景，我和她有很多话
我多怕说完。每个夜晚面对面
交替中的安抚与不言不语

我已习惯地拉着一双手
扶她走出家门，在平淡的日子里
匆匆忙忙地过马路、蹚水
去心仪的地方
那棵苍老的枣树知道我走过它身边的日期

它也没有亲人了

你看半红色果子在枝桠上摇晃
摇晃，像我措手不及的年轻
一不小心就丢落了

门前梨树无影无踪
梧桐残落的树桩就像我再也
拼不完整的娘家
我像浮萍一样飘在母亲河上空
看着熟悉的村落，来去匆匆的人
他们忘记母亲把我搭在右肩上
走过的那座小桥，她吃力的样子
回放在我的记忆里

我无法让时光倒流
我也无法让自己忘却
我只是走在老路上不停地转身
转，却没有看到目送我的人

青青子衿

冷却的冬夜，冰帘锁住心语
听别处的声音夹着咳嗽
红色和黑色交融，相望
相依和女儿纤细的手
一片一片切开雪梨

不想查纠什么叫作血缘
一双眼睛中的另一双眼睛
浸透无法启齿的词语
她想说很多，一截断裂的篱
在老家院墙上

想那窗口，小方字格
那盏不熄的灯一夜一夜

在数落声中晃荡
无声对视和一杯清开水相牵着亲人
"如果我走了，你们怎么办"

在众生安睡的寂冷中、听到来自
另一个夜中的声音，谁知道
"如果我走了，你们怎么办"
在清冷灰寒的人间，看到很多影子
很多树木开花结果
很多星星瞬间即逝

看到一叶舟划过冬雪上的峰
跌失于春天河岸

迷失

我驾着白色的小脚车去往向南向北的某地
无目的河水在身体四肢间流散
每个细胞死亡，鼻翼、黑色素斑纹
除了雪，西北风和冬季冰冷的黑暗
看不见马路上田野、山峦

一辆辆东环西绕的汽车匍匐在夜幕上
看不见人影，空疏的灯光
在无法辨别的时间上悬着

那个夜贴近死亡，红尘、殇事
和恨别，暴起青筋
一针一针缝补决堤的缺口

危机四起的村庄隐却在黑暗中
而我将我否定在夜幕上

闪烁的影子

马路上匆匆人流、车流
曾相识、曾熟识的面孔
音乐和汽车碾轧、急刹、鸣笛
一个影子横窜和隐入胡同

街头小巷中的一则轶事
一不小心，沾满了幌子
一滴水带着响声跌落在马路中间
眼睛
我身体的河涌到马路上
泛起心海里微荡思波
柿子熟落

一个影子在马路上闪烁而失
像我人生又转折了一次

辑二

阳光的味道

限制抒写的日子

把身体束缚在沙滩上
用雪地掩埋一些记载
把残骸从雪里拔出来
太阳逼出带着颜色的水
想象它血流成河，也能想象它涕泪泛滥
把身体埋进厚厚的黑暗，压上寒冷
加一把盐，狂怒的西北风拍打在
身体上，拍打在钢筋的汉字上

一辆车风驰电掣

整个世界被漫流的水淹没、吞噬
海蓝绿里玫瑰红慢慢溢出
丝绸般飘逸的发丝垂落在一片汪洋中

男人低沉怒吼，树叶飘落
雪花飘落，一件件往事飘落
远在五月的阳光飘落
深夜的眼睛飘落

一组组词语飘落
飘落得找不到一个标点
大水淹没了咽喉

阳台上两只对峙的鸟

在一条延伸至家的路
和那张莫名撅翘的嘴脸
用妖冶的腔调抬高嗓门
凌驾于证据高处。解开树木
干枯的皮层,让伤口流出绿液

在一座平展垣上互为邻邦
那个用尖利占领高地的声音
对另一只沉默者说

四散溪流梳理脉络
路边的石头暗示多情
它斑驳的霉苔隐藏着历练
一株高调的树张开枝桠

它重复：穿透和侵略是生存
生命长河中遗忘疗伤

无法解脱，不能放然
一种叫霉的菌长满忧伤
它会自救，它与那两只鸟的对峙
在同一屋檐下

植物链条，风把往事刮向远年
通往山脉深处，经过丛林
树荫、小溪、很多来往的车
越过人际、天寰、生命低谷
刀痕在镰刀下藏住心扉

空旷的夜中一只白鸽子

白色的鸽子把夜刷空了
我的陈年往事穿在黑色上
肺叶喘息之间嘲笑从我身后
传开，谎言和不耐烦逼着鸽子说：不
它生性的独处就是沉默无语

活着具体成一幕幕风景
有我三亩禾田，十五斗粮仓
种花种豆的老屋，瓜蔓搭在房檐上
似我放下功名变得轻盈的身体

走过鸽子的身边，它从不回避
它知道我走过沾亲带故的娘家时
从来没有忘记给它带回好消息

可如今，我一转身就无法再抱紧的娘亲
变成一堆旧词语废弃于称之为
"家"的回收站
我变成夜幕上千寻的鸽

这样掩盖事实

从色彩里滑出，用黑白还原本真
在另一个国度小心翼翼地躲避恶鬼当道
用谨慎的言辞试着自圆其说
走进一个梦，满口牙齿脱落，莫名地疼

过世的人不知。整个夜一丝不挂
灯悬在空中，就像不冷不热的脸色
没有任何声音能证明时间流逝着
他走了，没有任何迹象预示死神逼近

一个离开这个世界的孩子，他想走么
他正年轻，用双臂伸进泥土，诗是树
他是根，是黑暗诗河里奔跑的雪狐

无数的言语武器都向一个方向深入
身体的每一个细节被暴露无遗
迎着天明慢慢接受日光浴，暴晒
把所有文辞晒干，通透，消除异味
然后留下四月的时针"噜、噜"
连着心跳和一丝淡淡的哀愁

远游

把我从生命中写出去，什么都没有摄录
什么都看不见，有些人、有些事包括影子
把一组排列从熟悉变换到陌生，然后消除
像除去一块心病，如果你喜欢这样的滋长
我愿它像一朵霉苔，从岩石上慢慢流走
沿着水流的方向，向你的家，一片菏泽

不要再看到，也不要再听到，不要再而三
就像昨晚的梦，一个绞在绳索中的女人
她说的所有事实都是生活原本的样子
她和另一个不着边际的女人同在一个梦中
她们互不相识，她们在我二十年前的身边
说了很多风马牛不相及的话，然后离开了

把记忆用橡皮涂擦的方式从一张白纸上
从泪痕中的盐碱粉饰，变成淡淡的紫
像瘀青，像伤痕渐渐淡化，然后复原
有血色的红从晚霞败落的黄昏绘一朵花
插在滥用的忧伤上，不要再写这个词
不要把眼中的往事挂在酸碱的托盘中

它负荷不起啊，它怎么能承载一生
刨根刮骨的痛和又一次黄土扬落沙砾
辗转不眠，从黑暗中经过，回过头来
听雨滴，滚落的石子和恍若隔世的人
不要用眼睛、不要嘴巴、不要耳朵
只有心从苍茫中悬着，慢慢落、落

流言

从牙龈根部和着一首乐曲
无数音符排列、组合、翻版
用曼妙风情和一意孤行的念想
哦，别忽视涉猎、惊艳和绝世稀有
经过一张多嘴多舌灵巧万变之口
沾着村野山坡、耕犁河畔的泥土

随风飘，卷走沙尘，赶着细碎落叶
在曲折不平的小路上磕碰，跳跃
遇到石头迂回往返，刮在血迹上
黏合渗透，紧锣密鼓，还会疼
会疾步、飞行、光一般绕人群公转
在交替中变着色彩并五味掺和

金子的光，月色的柔，剑锋的利
冷暖生活，炎凉世态，狼藉饭桌
躲闪着抱怨、矛盾，以水的形状
依着、坐着、躺着相互推搡，流
一半颤栗，摇摇欲坠和生不如死
一半风化、痛惜和轻轻地疗

灵魂没有言语，生命已经蔫黄
裸露的荒原、枯木似累累白骨
被随处飞翔的鸟衔着

我不在太池

站在太池村槐下，站上念想高地
叹息和流泪伴着时光和往年情义

我不在太池，我的思想在你手掌
托着年年无法剪断的岁月
年轻和苦日子扬起灰尘灌耳的风

我不在太池，我追着雪花的飘扬
沿着田野崎岖不平的小路
站在你小指合掌的缝隙，洒满盐粒

我不在亲人坟墓的春华秋实间掩面垂首
用田野泥香、秋日和风、夜空繁星
换取你回到人间来，轻轻一声呼语

我就从夜半梦呓啜泣中惊起

岁月流逝，我没有忘记泥土中的骸骨
像一棵棵高出视野的树，在寒暑中摇曳
用另一种方式复活

舍不得

舍不得那片土地，就是舍不得过去
舍不得青石板上的霉苔，有儿时笑语
舍不得门前老树，虬枝挂着往年回忆
舍不得破败石瓦窑间，辉煌烟渍
那里母亲盘坐，父亲举着烟嘴

舍不得溪水奔流中蝌蚪游鱼、蒲草卵石
那流不走的快乐，流不走的背影和微笑
舍不得那池水，夏天游泳，冬天溜冰
舍不得往年梦中的一次颤抖和惊醒
生命走多远也不会记起途中辛酸
而一次次亲昵和团聚宛若昨天

舍不得过去，舍不得一个个经过的人

和无数甜蜜瞬间，舍不得一粒粒小米
喂我、养我、哺育了我

冬天的温暖

来自一双眼睛的深，无法探到尽头
从老家的草席上，延伸为一条路
我把这条路竖起来
生下来就向着更高处苦苦地爬

母亲的期盼在每一段路的转折处
她端一碗热腾腾的饭菜，驱除
我跋涉中的疾苦，她拽着我的衣襟
一句句叮咛，充满苦涩的眼神中
渗着一圈圈泪水，两鬓斑白
引着我一步一回头地远去
我走向哪里，母亲如同影子
栖在我的梦里，寸步不离

她双手托起我儿时一双赤脚
举过头顶的瞬间，我就从故乡
脱胎换骨，向着未知的领域
山河、尘缘，开启一条苦行僧的长旅

多少年后，母亲由一个人变成一个词
交织着生命之痛，从冬雪覆盖中浮出
足够驱除寒冷，温暖我背井离乡的漫旅

删除·尘

删除风掀起发鬓上的霜尘、思想
无法设防的新愁，多了一缕银丝
年岁染白的记忆，删除最亲的名字
用刀割的方式，滴血、疼痛、撕碎
不听见、不看见、不触碰、不抖落

万物静止。你的名字静止
时间静止，乡音静止。流动的水
在高度和低矮里飞跃、逆转

删除风卷起狂澜和波浪汹涌
把一些运载从水面上抹去，不再有
风送远航，风送好运，金风送爽

轻轻把虬枝上的枯黄从骨子里剔除
秋风扫落叶一样扫去春天的影子
站在高枝上的黄花醉，黯然回眸
霜白覆盖了银簪，你襟怀若谷
沿着往年，新砖瓦胚，重新出炉

删除·风

删除风穿堂中刮起的树叶
褐紫和黄白在两鬓，微微一凉
身体的一部分瞬间洗劫了年轻
以太阳穴和眼角的伤疤
人中与鼻翼间陡峭山峰
都是我们点滴中熟悉的过程

我忘记那一刻，风刮在小巷里
从未知领域经过漫漫长旅
抵达我的人生，从前世牛栏护围的
院落提着犁，来与我结缘
删除风从山梁上扫走高端的云彩
七年之痒，有我蓄意的小脾气
和短期分离中孤独无依，删除风

划过的栈桥、流水、鲜花、明月
你抬起头，我低下头
都是满世界的秘密

二月十四

发一纸忧郁加上盐
把心绪和生活搅拌成雪加霜
黎明有无约的礼物从天外飞来
她会记得我们屈膝相坐的影
载着年轻和往事，离我渐远

把岁月翻开，打包成行囊
把记忆装在密封的信件里
无论我在何方，无论你在何地
只要我们伸一伸手
春天就会从枝头掉下来
只要我们心微微一动
亲人的亲就从时间里流

生死无常，岁月静好
河流扑打着碎石每拐一个弯
都有骨肉相离的痛
把年景铺得满满的
和爱——作别

消夏广场

那么多人
在无语的内心走过
年轻少妇，叼一支烟的青年
在眼前晃悠
毫不顾忌地挡住远眺的心

他们也有自己的心事
不表露也不试图找对象倾诉
他们顺着鼓乐紧凑的音响
一群而拥地向某处聚集
把所有空间淹没

我站在广场内心
和很多目光相遇

又毫无知觉地经过曾经的人
从他们身边走过
坐在陌生人群的狭缝里
慢慢压缩自己
压缩在一座山里，一所房子
一个小方盒，微亮针管
压缩身体的某个器官
心脏、肺叶、中枢神经
产生疼痛和痉挛

天空像一格窗口
我把命运压在风口上
签署黑色协议

一片片落叶把经历刻在年轮上
像在对我说：飞逝、死亡

加油站的花园

一个满面红光的女人
炎夏中穿着焦黑的红衣
手指像几根树杈把眼睛
鼻子、耳朵、头架在微风中
整个身子侧躺在花园砖棱上
两条腿支撑成三角形，似睡非睡

一辆辆汽车从身边经过
小心翼翼放慢速度
她旁若无人地在花园的边角

园子中有刺玫、睡莲、芍药花
竞相开放，打盹的女人和摇曳的花影
相互映衬，像一个少女身上的疤痕

不知用清风包扎还是用雨水清洗

一只飞舞在花蕾上的蝴蝶
忽远忽近，它像是试探流浪的女人
在这如火如荼的烈阳下，是否还有知觉
衣着不整的女人用衣袖遮掩汗水
躺在砖棱上摇晃、摇晃

迟到的祝福

1

如果还记得，烟花三月的扬州
你坐在床榻前的影子，春枝嫩黄
有一支眼泪上的歌曲把时间唱醒
我们相识了，情不自禁地谈家事
花园和黄昏是我们的话题
垂柳和迎春使我们扬起鞭绳
把岁月赶往日复一日的他乡

玫瑰香醇，山里的风吹开童年
我们毫无设防地说出一些名字

是燕子剪剪欲飞？载着相同的诗

又注明相同的嫩绿和粉黄
什么都不想起，只有你的早晨
我的帕提亚夜晚，用一首长句
写上梦、殇、洗、同、归、复活
写出微微含笑的眼睛里春天的样子
和远离尘嚣，我们举杯共饮的晚宴
在你舒展双臂的宽怀里，浸满南北

2

你披着长衣，站在琉璃厂街口
站在西北风刮裂的夜幕上
我追着你的足迹，拚命地跑
城市里的街灯，照着影子破碎不堪

我想假如，如果有假如
我们不在他乡的地铁上
我们在一座山屹崂
双手相互搅合，你看着我
眼睫毛上的冰屑
可是整个黑暗中的饥渴
寒冷，疲惫，奔波

还好，抖抖风尘
我们过来了，从京城东北
向京城西南，穿越了昆玉河

抵达初寒的路口

3

如果我们在一起
是否把节奏放慢一拍
我们不说彼此的家
不说孤独和不如意
不说疾病、罹难、年荒

我们铺开一张白纸
你画出山、树木、花朵
房子、蛇、路、河、小草
我拿起笔把春天加在白色上

你写出"人间"
冬天一去不返

清明梦（三叠）

1

梦见娘，在我左肩后用手掀开衣领
轻轻抚摸我锁骨旁的伤痕，她不说话
不像淘米水那样爽滑
她不咯咯轻笑，她洁白如莹的牙齿
会石榴炸开一样挂满秋天

梦见娘，用手撩开长发
她用眼睛示意我：忍
哧地拔出我头上的白发
疼，从我失语的梦深处
整个夜，娘不透露一个字
她行影匆匆地在人间寻我

走到哪里都有娘的影
她用双臂抱我，我挣脱她的样子
是向黑暗和死亡抵抗
她放弃我的无奈
是向人生和时间摊牌

2

梦见娘，从衣兜里抽出方形丝巾
她心疼地一边擦拭我额头汗水
一边用指头抚平我眼角的皱纹
她眼睛深处有海蓝的深和咸
我不看娘，试图扭身背过她
把艰苦和难活从双目中消除

梦见娘，躺在雨水里的躯体
像一簇水草在洪荒里飘
她教会我低微和卑贱
也教会我高贵和不屑
我想展开锦囊，将娘抱回家
伸出手，旷野的黑和白交替
无法抓住，梦见娘是一场空
像生命在奔波中有去无回

3

梦见娘，躺在我身边，背对着我
黑暗是一片海，把人间淹没
只有我和娘，从两个世界来
相遇在山口，娘回身看我的眼神
有岁月、有雨水、有尘、有血
我撕裂的嗓门无法打开夜
娘听不见我的呼声，她执意向前走
我无法迈开双腿，跨越不了生命的坎
（多想追上啊，那欲飞欲飘的影）

梦见娘，疾步而行，我紧紧相随
梨花纷飞，燕雀引路
柳叶拭面，时间如梭
我奔跑在孤寂的坟前，就像一根钉
落在荒草里，随着雨水敲打
越来越低，直至整个人钉在泥土里
又慢慢往出长，长出一个母亲

清明雨（三叠）

——悼小雨老师

1

一位母亲从人流中闪出
周身的蓝衣与荒年、困难、苦日子相合
我不知道是你，诗友展开双臂拥抱时
远程列车已把我们抛在同一座小城
梨花白了，你微笑着把春天递给我
你像一位母亲，携儿女走在梨树园
我就是你放飞在园子里的小蝴蝶
我们多像母女，站在梨树旁
专注地看着果农给梨花授粉
左肩旁边的你如此倾心地
看着黄绿中的花，挂在春枝上
那么嫩润洁雅，怎么说谢就谢了

2

一路向北，我们搭着同一辆车
你坐在汽车的后座，给我递水
剥橘子，问我家乡，娘家婆家
你静静地端详我，在小路上、栅栏前
在电梯里、在旅途的对桌上
你看着我剥鸡蛋，轻声地问
你也不吃蛋黄么？嗯呢
我把爱藏在瞳眸中
把从来不说出口的心事打包
你给我号码，我藏着
你给我名片，我藏着
卑微的我，小小的我
怎么敢打扰宁静的你
一切都迟了。你说：不迟
你看那繁密的梨花
依然在高枝上摇晃、摇晃
不肯掉落

3

就我们俩坐在一个饭店里
你认真地点菜，在你家门口
理当你请客，我没有概念

你说南二环丰台区一座旧楼
我像个路盲，只要落脚大都市
就分不清东西南北
你悄悄对我说：别着急慢慢吃
吃完让父亲的司机送你
我心跳脸红，像热锅上蚂蚁
你越小心翼翼，我越惶恐不安
你慈母般地注视，使我饱尝
黄土地上焦渴地熬煎
你说了很多话，怎么读诗
怎么品诗？你反复叮嘱
下次来了一定给你电话
我一句话也说不出口，只在手机上
打了一行字：我可是你笔尖上一点墨
滴在哪里？都是很重的一行诗

夜和一首乐曲

沿着边缘的风，捕捉你星星点点的遗漏中，我的脚步踩着尘粒，已暗合了飘落的微雨。又是一片黑河新洗的石丛，一个影子穿越。

——题记

我手指间滑落的笔头
有紫红色的夜晚和一双眼睛
偷走一个春天的无趣
我一一排列，把一曲别离放在心上
零零点点地模糊了前行

夜依旧清冷，一枝落花在墙头
正合很多年前你转身的情景
有一整夜的蚊蝇进行没有言语的相持
我依然渴想，如果那一刻
如果那一夜，寒风吹落了凋零
在一整座城池的凄厉中
你的影子占据了夜空
雪花飘落在粉色的花瓣上

粉色飘飞的落霞浸染了我的人生
从此，黑暗在树头，从未展枝

父亲节

几年前的今天，人间是我们的
你侧躺的身躯只占三尺方绫
挤一米暖炕，有烟熏的香
和母亲在锅灶前温水、烧菜
看我依着你肩头，挂着泪花的脸
假装微笑、开心，假装日子还似往年
满堂儿女，红火的院落
杏子熟了，挂满枝头
蒸盘上的粽子包满了诉不完的故乡

你无法忍受的疼痛、挣扎
在死亡边缘和生命抗争

父亲，如果你不走

健康、乐观的母亲会不会突然离开
只有短短几年，一千八百二十五天
你我阴阳两界
春天不再有打土的摇车
从山中归来，你晃着双脚
那抖落的尘土就是两只鞋履
承载的一整座家园

父亲，没有你
我的父亲节只有一片空白
和阴天，捧着笔洗，研墨
独坐、等待

脚落草原

离天更近，云雾伴着敬酒词
迎接南北来客，腾飞在旷野上的野马
扬起鞭绳向尘世间奔波

所有眼睛那么清晰，有盐粒
有牧曲，有马头琴和神往已久的
草地，有传说中马背民族的歌
和赛马、摔跤、鞭响，射猎
牧人的歌声伴着击鼓的音乐
在一轮月光下奏响天籁之声

我抱着祭祀的心，蘸酒三弹
向天向地，向着自己的额头
祈祷柴火低棚下熬瘦的身影

走出困境，祈祷搭在我左肩头的手
能有一年好收成，脚落草原
天空下着雨，我想起去世的亲人
曾站在高粱上面朝远望，静静地等

在草原与我的影子相遇

偶尔露出黄土和点点滴滴的花朵
与深沉的影子相叠，擦肩而过的人
经过零零散散的羊群，回头微笑
又想极力听懂一段对话中的秘密
关于望建河、关于鄂嫩河和图拉河

七月草原，印在草背上的脚印
就是地壳中奔马越过战争的前生
黑色溪水是马儿枪刀下的伤口
和死去人的血液，洗我前额上的愁

路边的树木俯首低眉的样子就像我
站在你面前不知所措，枯草贫寒
稀疏的林木仿佛我曾经的朋友

我们相约草原，用来世和前生
互为姐妹，挺拔的胡杨望着我离开
难过的样子有我一半孤独中重新
修行的一步一个脚印和金莲花的蛊

一片绿色中的孤独

九曲湾的绿色有七月成熟的体香
有五色花朵以不同姿态绽放
有一个女子身背行囊低头而过
从一片草滩中走向另一方敖包

她像最初的凤蝶，展开轻薄蝉翼
与一片叶子相望，内心充满力量
锡林郭勒草原上的花朵，沾染了
十指间淡淡的汗渍和烈日下的火焰
我看到羊群归来，相互顶着角
就像年幼的兄弟姐妹拥挤在上炕
挂着泪花花的脸上黄昏映出了嬉笑

木栏围场，清风掀起倦意

夜色覆盖了敖包，青灯照在风台上
熟练的手势像是把心绪缝进锦囊
我的忧伤就在草寮里滋长

锡林郭勒，我来了（三叠）

1

碧波荡漾，习习微风吹散发丝
也吹散了大漠孤烟和浅浅醉意
一抹霞红伴着草原牧歌浸染千里
尘世寂寞，相聚的日子有歌有舞
剩余的时光越来越少，掬一把黄土
我从素色青花的帐篷间走过
看到煎熬在文字最低处的人

他们经过沙海茫茫，驼铃空旷
他们承载苦其心志，劳其筋骨
他们忍耐饿瘦体肤，空乏其身
我是追随而人落黄昏、疲惫的客

我怎样抖落依附于披风上的世俗
像他方牧人拥有长巾上的佛香
此刻，我落脚于长亭桥上不想奔波
我想储备精力，收集草原苍茫
打包百里绿茵的芳香追赶时光
低头想一想，我并未知晓草原的全部
我的旅途只是为你来过

2

我看到两匹马围着拴马桩示爱
草是曾经的样子，一只马儿春风入蹄
在博大无垠的草原，红棕色的皮毛
和一副俨然老道的神态，闲散地走来
它有人间情愫，也有江山社稷
功成名就和生活冷暖
它看着野马驹清高的视野跃跃欲试
并扬起马鬃向幸福生活靠拢

你是它的至爱，是它从生到死的守候
你看这千姿百态的人间，七月草场
十里长廊在夕照的霞辉里完美了猎射
这群陌生的南方客围着两匹骁骜奔马
在一片翠绿中踏浪，秋天无语
太多的构思在场景转换的瞬间

呈现出天高、云淡、草低、牛羊

镂空蕾丝凉帽轻轻卷开
摇曳的草，撩拨脚环
两匹骏马从原野中挣脱枷锁
飞驰而去，走向生命的他方

3

绿色之上一只蝴蝶与它相伴的词语
停止飞翔，草地隐匿的角落与一颗心相遇
升出土地的尖草似一把把利剑
锋芒刺向天空，一些影子摇晃
绿草中棕红的礁石碰在疤痕上
露出浅粉色的痕，一望无际的田野
万物返青，疏密横斜的杂草丛中
那只寻觅牧羊踪迹的蝶抖动翅膀
经历繁华、孤独、饥荒

锋芒毕露的草相互拥挤，示爱
向入侵者诉说日子的苦，它顽强地
从尘埃中挺起胸膛，感受爱与恨
生与死、成功与失败
舞动在绿野之上的蝴蝶飞出视线
向草原深处，离太阳最近的地方
解脱烦恼、欲念，从篝火中涅槃

浑善达克沙地之旅（组诗）

1

从夏末，某个夜的深处
一片沙地从孤独中走出
迎接神圣的洗礼，其实它在等一个人

对于整片黄沙、绿野、湖泊
所有的黑夜和白昼都失去了颜色

音乐、雅托克、琵琶、四弦琴、恒格勒格
蓝天上紫红色的云，光影从树的背后射出
一棵枯死的树，干裂和苍白就像人生走到尽头

那个雨后的清晨，我和远方朋友

清晰地记住了那一刻，那一场夜宴
那荒漠中的沙榆、红柳、灌木
虽然我数不清有多少棵枯树
数不清那里的沙粒，也数不清来回奔跑的马
我却记住了一双眼睛，从黑暗中穿越

2

一辆车，一棵树，一个盘膝落座的人
他曾在都市的窗口远望
幻想着能从繁华中走出
来到一片绿野，轻抚那里的草儿
触摸到光滑又苍老的树干

他是走过时光和死亡的人
却为一株摇摇晃晃，轻飘无依的草
流下了眼泪，他静静地注视
那些被遗忘、被践踏、被刈割的草
它们没有一点灰心地在风里摇晃
摇落一地忧愁

3

那一片沙地，孤独的旅行者
车辙碾压的痕，泥巴、脚印、风
草丛里隐隐约约出现了一条路

它通向更远的远方
一股清泉从草的隙缝里流出
那可是草儿的泪？或是这片沙地的魂
他不知，他顺着泉水的流向
慢慢地往前走，手中数着佛珠
他是想用很慢的节奏回忆一个人

那辆孤独的车，从泥水中穿过
它也徘徊不前，在风中蹒跚
湖泊、水泡子、沙泉从视野中消失
一根伸出草地的枯木，像古人的臂
在对这个世界宣告

一棵树望不见另一棵树
一段人生望不见另一段人生
身背行囊的旅人，曾经路过这里

4

干涸的心，如浑善达克那片沙地
如那片沙地上默默的树干
它已等待千年，从一根小草
到一棵小树，长成林木

在七月，微风掀起裙衣
一只风筝在草原上空飞翔

那只风筝与那棵枯树无法知晓
草原的绵延和无限

两个孩子蹴在凉棚下嬉闹
一群衣着华丽的游人经过牧场
他们以不同的方式与蓝天作别
用比尖草更细的痕从尘世里划过

时间河上，我比不上一棵树的长久
回想所有过去，无论苦日子或世态炎凉
在这冷暖人间，我更像一棵小草
只有一小会注脚

5

音乐、酒精、光影、夜宴上的哈达
都是我想记起的时光
我记住一个女子垂掩低眉与花合影
我记住一位男人熬红眼眶匍匐于草囊
我记住一位母亲斑驳消瘦地捧起陶罐
我记住一位妻子跟不离不弃追随左右
可是，草垛上的童年，我忘了

我向夕阳唯美的夜幕里走去
寻找我从来无法感受到的自由
和旷野浩瀚，无拘无束

我感怀蒙古族的炽烈焙烤出善良的心
我认领野草做兄弟，安于尘埃里的低

这些都是我文字里的泥土味
在每一株朴素的树木和野草面前
排列成笔尖头的诗，静静绽放

6

我总会为一朵小花的凋零情绪低落
我是为花所生么？那朵歪斜在草丛中
紫蓝色的花骨，不曾展颜，红消香断
就像突然离我而去、幼年的姐妹
我会在一湖池水的倒影中想她

浑善达克沙地燥热的秋天，蚊蝇
草虫、湿地，恍惚不定的光影
匆匆来去，都是我念想故园的原因
可是，这里没有纷争，没有嫉妒
没有暗礁，没有面具下的勾心斗角

我不知道，眼前路还有多远
当岁月披上皱纹，眼睛蒙蔽了尘埃
我日渐慵懒的身体不想再向前走
我会记起，在浑善达克放弃烦恼
放弃伤怀，空落得只有绿野

和蓝天的日子——我回归于自己

7

垒砌敖包的石头像很多往事聚在一起
很多少男少女的样子，从远方来
渴望相亲相爱中忘记日子的苦
阳光的影子与我多年前的春天
有又一次相逢，亭台、石凳、走廊

草间野花是哪家姑娘身披婚纱
颤抖双萼像青春年华中第一次破蕾
粉红的脸庞，掩映草丛中的羞

所有石头都是搭在婚姻殿堂的里程
每一小堆相依相偎的恪守像一个小家
在生活磨砺中，年复一年地花前月下
百年好合，也夹杂一点点凄凉的寒

8

我们挤在一排湿水的木凳子上
用相互热烈驱散夜幕上的荒凉
围拢在篝火周围的南方和北方
把三尺土地放下，寻找所有清凉

我与姐姐左臂与右臂相扣
站在篝火场上的前方，靠近羊群
节目就像人生，灯光把舞台留给人间
潮湿的空地与燃烧的火苗对峙

我有放不下的远方，粮食、土地、谷物
我们都是赶在落叶前的候鸟
用双翼撑起双桨，看人间香火不断
荒漠又升起一片新绿

这个早晨

云很低
一个女子弓着腰，背座大山似的
坐在会议室
也没什么
天渐渐转晴
人们期待的雨始终没有落下

这个早晨
我一直在倾听
什么也没有听见

昨夜

风声很紧，雨有点急
有人打蚊子，有人拍苍蝇
影子滑过窗前，像老树
或是飘过一朵云
不，是一个无法入眠的人

我的小屋离大山很远
没有老虎，没有野兽
离都市也很远
没有好消息，没有坏消息
墙根的葡萄在黑暗中摇晃
石榴和樱桃不媲美
它们在各自土壤中静静成长

我一整夜躺在凉席上
老梦到飞 ，梦到门前梧桐时
却无法迈开回乡的脚步

鸟

一只鸟从头顶飞过，带着人间疾苦
和整个北方寒暑，翅翼上的尘土
正好落在我艰涩的睫毛上

一只鸟像我遗落在童年的好友
它站立崖畔的样子
只要四目相对就有亲人的泪在眼帘中流
我知道它是柴禾门前那棵老槐树的邻居
它知我是乡间小路旁展枝的那朵梨

一只鸟栖在我经过的麦田
那里有岁月轮回和生死离别
有一位母亲搓捻麻绳的线板
把日子拧成了绳索

一只鸟，它是我牵着不忍放手的风筝
也是我扬起命运长河中的帆
它飞翔与我在人海中跋涉，落入尘泥
只有微小的一粒那样不足为奇

如果流血，就做一朵梅
如果枯竭，就是一点墨
那只鸟和我一样在生命的长卷中
什么也不会留下，只留一小会的香

光的味道

黎明牵着天空的蓝和土地的黄
从黑暗中走出，阳光榨出一股
扑鼻的香，掺着男人和女人的味道
家什、衣物和马扎上的织纹从深色中褪黄
鲜活的空气弥漫着旧年月
庄稼、树木、花草和一些推开门
走出自己的人，呼吸着岁月的风
期盼雨水从枯寒的间隙里流出

清风扑在窗棂上
谷子的穗粒在光影里闪烁
土豆的节点沾染上泥味
汗渍印在禾田上，我卑微地
低下头，双膝盘坐在母亲炕沿

有半生失意换得的一句温暖

我和已走过人间的父亲
重新扛起镢头，赶在阳光前上路
推开门扉，阳光的香帷就是我
此生难舍的原因，有时我想放下
转身总会有温暖打消去意

坐在人生席上，迷茫的心
因光华飘溢的香浓落在草垛上
骨头衰老成干裂的柴火
乡情燃烧成绿色炊烟
阳光沐浴着回乡路，越走越远

立秋

为了联结南北寒暑
为了一滴血浸染江山
我心从山体中归来，如释重负
把一颗番茄的轻，挂在干枝上
微凉穿过深绿色藤蔓
扶着挂满秋天的葡萄
在时间里摇摆

飞过头顶的麻雀
也经过我的内心
从胸腔的某处颤抖了一下
像离弦之箭，射向远方
亦如我失去的年华，从繁华
尽处，低矮得走不出土地

节令扬起鞭绳

赶着岁月向衰老奔跑

你看啊，秋收场上飞扬的颗粒

摔在碾磙上，像匆匆一生

一晃

桃花潭

用蝴蝶展飞的姿势
树的倒影，认识桃花
似瓜分的青春，心也揪下了一瓣
寻找恍惚若渴的眼
在一叶眉间低浅呢喃

一个背影向深渊里走去
向内心剧场，虚设人物，蜻蜓，水草
双翅交合颤抖的触角沾上尘世
抖落一地的闲言碎语
与风搭伴，吹散了桃红

用羊群和马背上的笛音
水的绿肥红瘦，认识你

漫漫长旅，扛起苦日子
共同藏住一池鱼的秘密

看那波纹荡漾的影子
似远年旧识，他已沉溺多少年月
洒在水中间的那点红
撑不起思念，掩不住苍白

品茗

有时，我从一杯水中的细纹
看到荡漾、鳞片，浅浅的笑靥
我会看到玫红色浸湿了皱纹
透明的金黄色挂足了心绪
我从微苦、微涩、微香中寻找
你眼含混浊、焦虑，远没有
红美人的清、肉桂的纯

我也想坐在三尺方台，忘记尘间烦事
用泥陶盛满紫红色
用白瓷装下浅绿
用透出光影的玻璃，装一杯蔚蓝的天
我想，我忘了某年某月

我将一半心情放在青花壶里
剩余的问候加上几个名字
删去动词和连词
我不想用形容词说出昨天
我怕晚风掀起门扉，把我的心吹凉了

辑三

散·十四行（三叠）

生日

当我走过低岸的湖泊
一枚垂柳抚着我的发丝
我回望——瞬间留下了你的影子
——题记

1

那天我读了很多诗，看了很多文字
我一气游走了整个寰宇，整个
贡格尔神圣的土地，那一天值得记住
我静默于夜色之上，点数天空的星

我始终把自己隔离，聆听神秘园的旋律
那只鸽子起飞了，纯洁的羽衣舒展成风
它用冲刺的姿势，在一个浓烈的夜
向着无垠的高处，在浩渺的草原上空
一颗赤子之心，把土地做成生命床榻
把诗歌谱成梵呗之音从草原中托出

草原之上的赤子，只有蝇头文字
诉说着爱和被爱，那娓娓动人之处
我的心豁然明朗，因为我知道
那把钥匙开启了我的诗门

2

我的影子不在空中，你看到的星灯
是另一个起飞的夜中的闪电穿过
那是很久以前，很久以后我的长诗
经过了你，如此执着地徘徊于你的圣地

你低浅诉说，你尖锐、犀利之剑
穿透云层的秘密，射中了谁
我不能不回眸，不能不留驻
一行诗的长卷里有我不尽的怨
一种隐匿的方式涉入又悄悄离去
心线的长度牵在我诗行的韵行里

我看到一个被忽略的词
它被置入何处：被摔痛了没有
我一直想，那天，那短暂的瞬间
你的天空以排列的形式缺失了什么

3

反复地写，却没有写到你的魂
我无法再度走进，以风的姿态
吹过楼层、土地和喀什哈尔的草原
我的每一个文字都在一个特定里
以特定的时间、特定的祝语
悄悄降临、又脱口而出的名字

千万个我汇成一组小小的文字
它写着母亲所有的苦难和忧伤
它写出心意的女人青衣、裙摆
最后落到了尘间、铮铮有声

如此放舍不下的尘世、让多少
眼睛抹去云翳、露出霞彩
我始终是一只南飞北飞的燕儿
投一点影子，什么不会带走

爱人

每次说起这个名字，我的心就会经历一次洗涤
我的爱在岁月的长河中，没有用之殆尽，而如潮涌
　　　　　　　　　　　　　　　　——题记

1

阳光无法射透深厚的雪
我们蹲坐于一辆摇晃的小平车
手指交叉，双膝交合，对视
赶毛驴的舅爷只顾扬起鞭子
用扯高的嗓音压住我们的窃语

那个早晨，空气那么冷，天空那么净
我们经过城市的低处，徒步回家
崎岖小路上，一点蓝一点红
皑皑白雪里变成两朵闪烁的梅

那个夜，你说我是你的人了。我想

我就是你的人了，我从镜子里
看到我的样子，和以前没什么两样
而我的眼角多了一条纹，向上翘起
疤痕一样，成为我们相识的印

2

你骑着自行车，天空挂着喜悦
我驮在车梁上，快掉下的样子
你用双臂夹着我，在山梁的小路上
像一双黏在一起无法高飞的蝶

在黄灿的油菜里，我们一前一后
小松鼠好奇地绕着我们来回奔走
整个山野都认识了我，那已不是
原本的自己，而是后窑"媳妇"

小村在一座山梁上，我们的影子
映在了一座座田地，青石岸
独木桥、长空栈道、湾湾小溪
多少年，我把无奈变成笔尖上的墨
用一半苦寒、一半失落，加上盐
把日子炒香，携一双儿女添补荒凉

3

今天只说你的好，只记你的好
因为你的不好，我已忘却
我们相识、相遇、相依、相偎
多少不容易，曾经的你错过那一刻
我们就是陌路，你说那是前世的缘

我信，因为我那样巧妙地来到山里
又那样执着地等到了你，世间轮回
决定了你我相遇，那特殊的日子
飘过白色的云朵，抚摸了我的心灵

你说黄土高坡上的家什么都没有
只有一座土窑洞，我不知道说什么
接过你手中的鸡毛弹，轻弹着灰尘
把生活打扫得清清白白
夜的降临容不得人回过神来

生日献诗

1

在高处，风扯开衣襟
刮到了你身体的某处，触痛了心
一个多事之秋，经历了风风雨雨
被层层剥离、删减、磨难
最后还原成诗人，一个放荡不羁
的写者，一位好酒如嗜的酒徒

人际如云的大河上下，山外山内
你粉墨登场，伸开双臂如鹰隼展翅
你匆匆而过，宛如飞蛾扑火之壮烈
一组分行的汉字的结构被冲击

一个被否认又肯定的深扎于泥土的痕疤
亮开后，轻轻掩饰着每一件轶事
我不知道你是谁，你恍惚中的呓语
深深触动一个阶层的土地

2

从清河到后海，从广安门到王府井
每一个脚印，像一组深深的疤痕
刻下了仁、道、理、德、禅的环绕
低浅的音律，双手合一，把肉身抛开
让心托起，你托起了一些闲言碎语
也托起了始料不及的命运、他乡

攀爬上列车的长旅，半生的无依
一幕幕濒临崩溃，一次次幸存、转折
如此巧妙地汇集于一个人子，前世
在广袤的大地之上，一颗心的飞跃

尊卑与成功、得失于不顾的诗者
你的禀赋，一帘幽梦，从深远处
悠悠传来天籁之音，咖啡厅的冷
与这个世界相距甚远，你深陷其中

3

列车载着自北向南的问候
北方低沉而厚重的思绪
伴有咔嚓咔嚓鸣笛的声音
你说刚回家，又喝多了酒
你说把梦放在酒水里，泡醉
你说对梦里的故事充满了幻想

心在梦中，既快乐又痛苦
你说：梦中又回到一个故事里
那个故事没有结尾，只有开头
你说又一个夜正在降临，人还在

继续酒杯中做梦，一杯又一杯
我知道，那所有的所有的文字
汇集在一起，只有暗暗的一点红
列车的窗口一个影子消失、重现

戒

1

"我早已戒掉了那一天"
食指停留在一片密集的词语里
书房的灯光在影子中摇晃
昏黄而古雅的书房适合追忆

一句话音落处，一个慰问开启
你行走在幽径深处独自沉醉
你亲合的双手，打开诗门
迎进了一些诗童，你那富丽的
诗词里清静如月，你那古雅的心
寂寞成空，你不紧不慢地迎送、接纳

一些人远去，一些人来，一些人放下
一些人离，你把低处的文字浇上水
心平地从河流上穿过抵达

2

"那是为另一种人类创造的距离"
人与人之间，有距离多好
心与心之间，有距离多好
你远远地站在诗丛的高处

人际如云，纷繁和多事之秋
你认识了谁？又脱口叫出了谁的乳名
那潜移默化里深深的父爱如山
你的文字里，丝绢缠绕的心结
和放不下的多年的徘徊、往返

一些魑魅魍魉，蠡蝨蟊蠧
怎能渗入你干净的圣地
阳光遮蔽了所有阴暗，你背向残垣
站在一线光影之下凝望深远的方向
一袭青衣，在晨中飘扬

3

"高处的鸟停顿了，它瞭望远方"

高处的鸟多么寂寞，南来北往
挤挤众生，相争的人们多么孤独
谁远离、去往月幔清寂的宫阙

谁的心深处，一首孤独的诗，千寻
写诗的人，写诗的人手中的光环
和他台前壁帘，纸笺，遮蔽了光源
盈盈满溢的词语，在别处筑巢
一双追忆之后，明澈的眼睛

疲惫而略带花白、萎靡的鬓发
严实不透的衣着，来往经脉
过去的、正在的、未来的盘根错节
多么寂寞，一串串脚印由近而远
你可否记得，茵陈蒿起飞的节令

寒雀

1

"是他自己的存在隔断了时间"
一只寒雀起飞了，遥远和空
使它奢望不及，一只寒雀翻飞
摇晃，跃跃欲试，你看那太阳启语时的
地平线上，一只风筝、降落伞
房子、一个人或紧贴耳根密语的两棵树

他们多亲啊，寒鹊被风吹向更远
更模糊的天边，你不再想象它的未来
你看到光影变幻。树林、房室、峰峦
沙漠落入尘埃，人生漂泊不定

你心中满载着一个无垠的向往，它终归
也要落入红尘，变成渺小的一枚
藏在夜深处，听树荫对月亮的低语
今夜假装丢了，不再向前，把自己隐却

2

"多面镜子时时给她以温柔的欺骗"
一直向前走，那里有青菜花，野黄菊
再前一些，一片山毛榉，蝶花轻飞
我不知道你要去往何处，一直沿着
那些消失的歌声，我看到了兰草翠绿
杨柳密集成林，青竹节节拔高

禾田肥沃，泉水闪亮成影，一排排房子
若隐若现的古塔，木屋、迟钝的老树
都是你寻我的根节，再前些
湖水涟漪，芳草微香，清寂

谁在歇足，沿蜿蜒而深的林子
飞鸟引颈，浩淼之海
炊烟寥寥，一个影子在深处徘徊
历史的车辙撵着时光使岁月无法回头

3

"犁撕开了漫长的生活的序幕"
决断、开阔、释怀、一聊江北
春风飞卷的诗笺，一页泛黄的笔墨
是你远年带走的滹沱河的水
旷远的村庄，碾盘、谷粒、亲人
侃侃道来，古今中外、一行清泪

万物之声、刀刻斧琢，暗伤和微笑
谦卑地弯腰、抬起步履、被风掀起长衣
你犀利的文字和弟弟的影子、父亲的脊梁
伴有行云流水般的音乐，挥毫泼墨

我怎能启拥微薄的积蓄描述你
你的名字、你的形象，豪放不羁
粗犷中的细微一笔，淡雅、智睿
一片土地，一池心湖，微微泛浪

蝴蝶

1

"学习鸟叫我耗费了多少青春"
你脱口而出的惊艳词语
总会时不时地在我诗章的天空
戳穿谜底，加上生活酸、苦、盐

我对山有了一组发自肺腑的心说
起用最直白、最简洁的文字
加上你的姓氏，轮廓和镶嵌
黑陶色的眼镜，如果他不是你

那是我看到文字深处，忽略了

和你存有间隙的裂缝，走在
新产品的边缘，寻找生活堡垒
那一组写出生命符号的深情文字
俨然与你酒中之影有距离
可是文字与现实中的你有多远

2

"对一只蝴蝶，也不要问：
你为什么不是一颗闪烁的星星呢？"
一组问候的信息在夜空中飘散
一些直白的言语在土地上生根

发芽、绿色、绒草，我脚下踩着
寰宇中的一粒尘，时而仰起长颈
遥望远天那颗星，那颗清寂地拴不住
一滴雨水的透明的星，眨巴眨巴

她永远不是我，苍穹辽阔，流云变幻
你用行者的恒久劈开云层深度
这是一代的天空，一个阶层的泥土
不要说这个肥沃丰盛的年代
你是你的王子，是诗星空的蝶
你是脱胎凡生的又一颗星

3

"左眼点着淡蓝的海水"
我从不提起你最具实力的演说
一段与李白共酒的措辞造句
一则宛如唐诗宋词的极兴创作

我当你是一口井，或当你是一面镜
在淡漠、轻佻的戏语之间
照自己，识乾坤，高深莫测
或遥不可及、曲高和寡

我说你左眼折射着文明光源
右眼暗藏青蓝的天河水
你说春天是春天的绿色素
忧伤是忧伤的催化剂
其实我们都是骑在自己头上
挥舞着皮鞭戮杀文字的人

梦

当我把一纸皱巴巴的文字从废篓中拾回，孤独和单薄已离开昨夜
黎明的钟声提醒我：你就是我从生到死的黑暗

——题记

1

一个孩子从远方向我走来
他伸出双手默默抱住了我
我听说他的年代与我无关
我听到怅怅的叹息和悠悠远歌

西北方的风一路彪悍越刮越猛
我站上沿河往下的高处关手机
但我没有将你关在生命之外
我把孤寂的时间安放在身后
听到来自别处重重的摔打声
把寂静的夜震醒，也敲醒了我

我想，已经就是这个样子了
即使离开尘世，走过旷野
我也逃不脱对面的那扇门
它一开，我就学会了卑微和流泪

2

他在暗处，在没有打开的母体
他无法选择生或者死
一个声音决定他存在于否
他不知道，娇贵地逼着母亲
要阳光、要和风、要甜蜜

他不知道分子、微分子、原子
就是他本来的面目，什么是生
一个说着脏话的酒徒打开黑暗
对他说：你什么也不是
你不过是一团酒液中的菌

一个披着圣衣的智者轻摇羽扇
对他说：你不要选择今生
更不要选择来世，你选择离开
尘界乃苦难，一切化为乌有

3

无法终止的生长扭曲着时间
和一种新思维，不要作对
无论是消失了，或者复活
你看见的恶水、血液和汹涌
疼痛中反反复复地重播

某年某月某日，可是你的生日
其实这个世界容不下你的到来
这里的天空、山川、河水
都是有色的，你该去那冰洁
无色无味，无痛无苦的地方

那里飞翔着和平的鸽子
它栖于我的窗前等你一起远行
其实风雨尘世离你那么远
你微笑的样子一直挂在夜空

扬州留影

1

微微恭腰，伸手，问候，称呼
垂在眼前的艺术掩住了世界
那一天和你的生日连成一周
抱紧了友谊和诗歌的春
满街的鲜花，醉成三月的高峰
焦痛的母亲倦立在你的梦中
三十八年后的今天你在南方小镇
向世界宣誓，诗歌万岁，于诗
于音乐，于铮铮铁骨，于千年后
一种暗流的力靠近生命，仰望长空
失意的泪水和烈酒浇醒了地球
我认识的扬州，唯美，清香，好客

落了一地的花香，从我身上飘绕
一曲《祝酒》歌从千帆之外升起

2

艺术的渊源，和爱息息相通
江南的碧水映射出美丽的诗姑
她是你的爱人和一汪春水
蓄满你的泪和无奈，有个姑娘
为你守候到黄昏，到苍老
送给你一个孩子，骄傲的乐曲
全不顾，也不想再有任何承诺
姑娘走出的路是你的琴音
从早到晚，从青到老，岁月的长旅
不问艰涩，不问久远，不问归途
那古老的文坊客，迷失在江南的矮屋
总会走进一位姑娘，她是你的女人
和江南一起爱你，和北方的来客
在一场小小的春天雨，归于江南

3

你忙于诗和音乐，那是孩子和爱
整个春天，你为北方的诗友
为无数个执着，为土地和含泪的母亲
像在乡间，一条没有尽头的河

一棵苍树，扎根在泥水的深处
那是你的心愿在枝头的歌者
你沙哑的声音渐渐微弱，却没有终结
你没有家，放弃丰厚，在幽暗里
为一个著名的土地，北方
北方，一样注入你的生命
我们与你的青春，是谁的心事
这遗落又复活的音乐和诗歌
随了从北往南的风，春天醉了
它唱起心中的愁怨，为行乞的孩子

赠诗三叠

1

"午夜向北
我相信沉默的智者并没有入睡"
受了神的引领，攀至你的檐下
沿着磕磕碰碰的阶梯，爬向一个高度
渗透了血迹，被一次又一次
深深的触痛和相共鸣的伤，慢慢剥离
这是秋的节令，扑了一怀的凉意
在夜的尽头，在一个不眠的窗口
向最北的地方，一个五十年前
受命于诗歌的灵魂的降至、落地
洒满了秋阳的草原上的金黄
是幸福的预示？是圆满的预示？

仅仅是一线诗魂带了久远的使命
痛和沉寂推搡着达到无人的高度

2

　"在这个世界上诗魂活着，
我唯有谛听"，轻轻打开一扇门
广袤的草原风，豪爽的北方客
在低婉、纯美的歌声里走进了我
寂夜里的呼吸，是谁的旨意
注入了我的浓墨？无法搁笔
离开你的苑地，娓娓徐来的震动
蝇头文字，使心上瘾，丰收的
月亮台下，孤影不只是你
笔下的母亲和切切寂寞的等待
使劲地撕裂了我的心扉
压在我的胸口，榨出了满眶的泪
祝福父亲留给你的铮铮铁骨
访谒母亲留给你的汩汩血气

3

　"从前是一颗心灵对另一颗心灵
贴近走过的夜晚或黎明　"
看到你滴血的文字坎坎坷坷
渐渐明朗，似一种残烈的呐喊达到凄美

抑或一池碧透，将心收了去
有我一半，在全身心的抚慰里
我仅仅一半，被断然割离的痛
想一想诗边缘，想一想诗冷落
想着想着就想到了上弦月、下弦月
想到了你很远很远的历史深处
很厚重很厚重的积蓄，被沉淀得
无法抛远的铅华的字，每一个
都是诗的心，复活的第二颗、第三颗
第四颗……直到它装下了一个女子

辑四

长诗·鄂邑河（节选）

　　沿河两岸，连绵的山峦深处藏有上好的乌金煤。豪车似水，高楼林立，有惊人的消费群，有时尚女人，偶尔炸出新闻的殇事。我却在自己的三亩禾田默默耕耘，并自言自语。

——题记

鄂邑河上，她们赤裸身体和灵魂
显现卑微、屈辱、懦弱，她们肆意
性情和意志，背向阳光，走向苦难
和低迷深处，毫无选择地被时间
推向衰老，岁月留下伤痕，荒诞

皱纹难以分辨，她们以寂夜中
飞蛾的姿势横穿世界和人类

春天在一组新的名字中出现
新落地的娃娃，新一天新一年
她们的命运定格在某个年龄
不再长老的漫长死亡交汇中

她们以年轻、精彩、流星飞逝之快
与经纬相合的空间碰撞，关门
与亲人告别，轮回再一次复活

第一部　纵

那些存在却找不到代言的真实，期待和祷告

——题记

1

一场剥离和缓缓慢下节奏
一个生命引领到世间的暗示
而我，在虚幻和意识思维里
从一丝光线中醒悟，那掠过树林
的寒雀盘飞于无法逾越的高处
渺茫困于尘俗，似凄似吟
无形境遇束缚和解脱之外
一场纷纷扬扬的飘现、谢落
没有结局的剧终，无语、漠视
那些悲惨遭遇的人，穷困潦倒
我路过街灯下，有黑暗的尤物
挣扎着用血盆大嘴染上吃人嫌疑

面对冻裂的石头，它们孤零零地
排列在老房子门前，似生前那些人

2

一个求赎声音，在深远处另一半
另一半黑暗里和远古空中、画面
它说：神没有擦亮眼睛，神灵
没有保护好无辜，那些身陷囹圄
用生命做赌注的人，压着时光筹码
阿婆罗宽阔的胸怀和土地啊
你看见了吗？那些委屈的孩子
那些吃着污染食品，看脸色受气
的人，所生存的地域蛀虫蚕食锦幔
蚊蝇叮蛰伤口，乌鸦啄咬着眼睛
她们怎么躲避横来的劫难和不幸
她们眼睛蒙蔽黑暗，心灵受到污染
她们以太阳在罂粟开放在繁茂中
年轻鲜丽地死去，苟延残喘而偷生

3

能刺痛心的东西不是刀剑和生死
也不会是语言，不是尖刻的指责
仅是一双眼睛，那双半睁半眯的眼
或者那一只、仅仅一半的不开的门
有的人学会看脸色，颠倒黑白并
弄假成真，他一定没看懂夜空的星星
即使她看透了神情激扬的眼睛
却没看到那一只，那藏着刀剑的井
它半掩着，从来不会敞亮，它阴森森
拒绝豁朗，拒绝所有渴望，拒绝生
它走进了谁，谁就有了逃避的冲动
不由自主地躲藏，不由自主地退却
它不让人像个人样，它深刺于心
使人无法挺直身子抵抗滴血的痛

4

无法抹去的动作，一个具象的影子
捡起又重重扔在泥土中的回响
那个老人，站在灼热的土地上
她没有把手中的锄头从泥石中拔出
她心疼地站在那里，背变成了弓
我知道，她在聆听大地的哭泣
她静静地用心和她的女儿对话
她的儿子，那汩汩流淌的溪水
多像亲人左脸颊上滚落的泪珠
她双手颤巍巍地，小心翼翼地扭动
她终于把一颗心从土地中拔了出来
她淡定地说：她该到离去的时辰了
那个老人常常和我不期而遇
我们总会回转身子同时瞩望

5

那些文字已经雕刻，那些力量从中复活
那些白天不是白天，夜晚不是夜晚
我认识的笑容不在眼睛里
我翻阅词典的速度和生熟之间
神之上，龙凤之上的内幕，被拯救
那些被锤炼的、无法干净的修饰
那些文盲不是文盲，诗歌不是诗歌
我认识的韵律、乐符、节奏、反串
我走过阳光的距离和阴阳之间
那些歌唱的孩子、那些地平线上的孩子
只要已经复活，我的文字变得怯懦
那些静静地承载时代的下水道
如果没有负责的清道夫憨厚和忍耐
我们将怎样走在原野和城市中心？

6

夜之上，蓝色低垂的角度
我的眼睛无法辨别和认领
我的双手难以触及，我的步履不能抵达
一片诗歌的天气，有了雨，昏天暗地
炊烟的气息，和断断续续不能完整的路
诗人手指间，乾坤云斗，擎起摔落
最沉重的数字和思绪、背景，一半空虚
我用了粘数纸币的指头，点到你的人中
你放不下的架子，一组高尚的词
从来没有离开，紫檀宽亮的胸襟
一半女人昂贵与卑贱之间，轰然崩裂
意志的执着，我不想死，夜之上
你离去时心和一张缓缓低飞的纸笺
轻浅地经过一组歌谣的空中

7

用你的眼睛和我的眼睛拼一幅画
一个故事的暗示，一个虚构的天梯
我听到丑角的代名词，完全是一首诗
一组被封存的文字，某种障物
在秋天落叶肃杀的雨中、风中
我不得不想，我不得不放弃
我揭开的是滴血的夜幕
力图缝合的也是夜幕中的伤口
一朵小花，悄然生长在我的天空
白天它是黑色的，晚上它是白色的
一朵无名的小花恰似试飞的翅膀
折断的翅膀在风雨中飘落
已经昏暗的太阳在夜幕下长高
被世界宠爱、抛弃，变得多愁善感

8

一个女人和另一个女人相互交换
一个女人走进了她的姐妹朋友
像绿色花朵融入草蔓之中
一个女人在黑色周末走进另一个女
光天化日之下她们完全融为一体
一个女人纵容另一个女人迷路
不知所措、言语失控，歇斯底里
纵容她认识沃罗涅日、惠特曼、雅歌
她用舒展的心绪阅读曼杰什坦姆的文字
另一个她只懂严酷法律和无情镣铐
她们不同地关心黑色键盘上服刑的数字
她们共同点和不同点交替地折磨对方
一个女人回避朋友回避繁杂人际和
无限极的关系套关系、黑吃黑

9

一个虚伪的白天，戴着不同面具
不同语言。在我心中如猎豹嘶鸣
一个惊人消息，遮蔽一座城池
一个女人离开了，她没有留下儿女
她孤零零地，为了压错的筹码
她的死因和这个多变的天气无关
她的眼睛、她的手臂、她的翅膀
都无法触到深处和离奇的死相遇
阴郁森林，一汪寂静窒息的水里
飘荡着一件玫红如绸丝的羽翼
掩盖着一具洁白如玉的身体
那密集里睡着失去狡辩的女人
我的邻居，在开启是非黑白之间
听到她在故事和词语里哀叹

10

一组小女人名字，一组没有签署的文
已哭哑的声音之外，生命轰然爆裂
一张小女人的脸，一张无法擦干的面庞
听到震耳的氧化物的破碎和飞溅
天地间的一次罹难在灰飞烟灭之中
矿工们失却的呼唤和亲人苍白的哭
一组不幸的女人和苦命男人的契约
以婚礼的前后和坟墓的左右排列
他们的命紧紧维系在一起，不离不弃
层层相叠、前后相拥、上下相扣
醒目地居于历史前沿，记着苦难
和难苦的煤工妻子，　她们的名字
歪斜在备忘录的花名册上，等待
贫瘠、萎靡的黄土地上血的洗礼

11

山峦，黑色和石头的窄缝里
劣绅横道，魑魅魍魉，梦境四起
形形色色的淘金者、谋划组织
进出不同门槛，手持不同把柄
混浊的眼睛回避着眼睛
语言躲闪着语言，游荡不安
无法安眠、提心吊胆的魂
像细碎的篝火分布在山野中
高薪的矿工偷偷摸摸地劳作
他们赌注着生命，默默劳作
与黑暗和苦难抗命，无奈地奔走
于变形的巷道和变形的顶板之下
守着灯台盼归的人，她们的等
伴着满山遍野的殇事穿越时空

12

她看到的那些树，扭着腰肢
像一个个女人，从绿色中摇曳
一个个老去的母亲，她们的心
离土地更近，离红尘最远
她们走近孩子时了悟尘缘
那裂口深处无法凝结的原物
记录了何时的生态和人生
谁在月亮下悄悄地祈祷
太阳名词和一个世界、人类
归原于一个女人和一簇花的盛落
我始终无法介入另外的节奏
那生命的脚步走进并远离
那已铭刻、又荒诞的煤事
一些无知拼死于物欲的纷争

13

无法严实的窗棂疏略了洗却
没有完整的夜晚和编织不尽的绒毛
都是你的猎射者，你将灯盏悬起
游走于梦魇的古道，担惊受怕
静静地等在大山交叉的缺口
望着佝偻的男人骑在马背上
颠簸的马车从裸露的煤炭上踏过
就像踩着骨头不敢停歇的赶路者
流动的黑河似压榨出土地的血
惊恐和罹难后的失魂落魄
嵌印在稀落树叶上，瓦片、煤尘
措手不及的消息潜伏于冥冥之中
几组文字里出现了一双眼睛
凶事从张开血口的黑色中传出

14

黎明黑暗下来，淫乱的笑声里
他失魂，枯瘦的身体在小路上蹒跚
沉甸甸的脚步走在雾霾的烟尘上
繁杂的煤事扰乱了人心。也惊动了山
耳际里响起豪赌场的淫笑
一个盈盈洁白而俊俏之身
裹着胸衣、凌乱和肌体的醉
使大山怒吼出沉沉的咒语
他抡起锐利的镢头向着摇摇欲坠
的煤壁拼命地砸下去，轰然巨响
一个男人的尊严和世事连同心念
脑际里晃过"红颜祸水"。释然地
倒在血泊之中，女人变成火苗
点燃黑暗，照着暮色宽大的峰峦

15

女人的心似一匹跃蹄飞溅的马
在平川和山野中，在不知名的远方
歌舞升平的朝代，繁盛之处
悠悠的吟唱里，暖色红艳
所有涉入者迷离，谁负罪
谁又沉淀了浮躁的生命
一些持刀者，一些挂剑者
微微低矍，浅浅哀婉的怨诉
树木萧瑟，枝头单立的寒鹊
像所有走过季节的女人
在已经自然排列的生态之中
她们呈现并消匿的影子
所定位的高于土地黑绿的色彩
那五彩缤纷和一些走失又相遇的魂

16

我看到草地上绿色波荡里炫彩飘动
我看到阡陌纵横之中忙奔的倩影
我看到干瘦如柴的身子站在高台上
我看到留恋难舍母亲往返不前
她们忙收成、忙孩子、忙男人
她们锄草地、绣家园、绣心情
闲淡了扯扯生活，拉拉世道
忙碌了放下家务，放下牵挂
伤心时放亮嗓门毫无顾忌地呐喊
低愁时闭紧窗棂默守濯濯泪千行
无法承受的暴戾和尖刻日渐习惯
无法面对的穷困潦倒，默默认命
小婴女、小丫头、小幼女、小姑娘
变成小女人、小少妇和小妖精

17

一个代名词的潜底，斗转星移
王朝兴衰轮回，宠之贬之
先祖之儿女，父母之亲的延续
朋友、同僚、网织标签中的一点
有喜有怒，酸甜交错，乐极生悲
消失的物体，永恒着山石、林原
水、木、火、星、土、雨够了
高高峰峦延绵延伸而去，无数诱惑
私密隐藏的明暗交替，绫罗绸衣
飘飞云霞高端的一幕碧绿深潭
不幸于归处再生再失、再起、再落
一位玉体秀身越水而出，使山峦一震
蓬荜生辉，她悄悄地和一段历史擦肩
在魂魄恸哭中，江山如是春色花盎然

18

无数个她，更替、摇曳、变幻
仿佛一只狐在绿野的林间翩翩起舞
漠然、麻木、机械地扭动腰肢
记忆着零零散散、密密麻麻往事
在蹦极旋转中无限极地消融消融
如一河冰冻在春暖花开里缓缓流散
不知不觉、天衣无缝地融化、支解
一个惊魂的消息，一个失却的时分
那些尖刻、冷酷和怀疑的脸
变，再变。最终消失的苦难和
多少次死亡，复活，多少次隐退
永恒而充满生命运动实体和气场
归源于一幕游戏成真、真戏变假
始料未及的演绎、放怀、殇

19

和自己割开，和一个人，一些事告别
在放缓的脚步里，经过一组起伏的音乐
都与你无关，给前面的路做个标记
形形色色，千变万化的面孔之下
一些刻骨铭心的文字和情景
无法忘却的片言里存放心的孤地
从不回首不期盼，不放松不警惕
扯断千丝万缕，抹去无法辨析
怎样绕过，擦肩又毫无预测地邂逅
那些触痛并深深印在心底的背影
往返，走动，突然而去的亲人
割离骨肉相切之痛，不言不语
用时间和空间安排的生命长旅
经过土地、荒野、光线和忏悔

20

精道、万变之宗。怯弱、卑微
渐渐明快、淡化、疏远
让心缓缓放宽，忍辱负重
失利、谣传、红颜祸水
怯怯闭语，舍弃一些记录
走向天成的田园山野，碧树之间
写出古代人的名字，用时间排列
一组诗语，一线黑迹，清风潜入
在清丽爽落的风土人情中
做个凡俗的女人，谦和的母亲，
悄悄留驻，伤口和密封的心底
用封存的书笺，关闭一些门
往事，熟悉的面孔，都置留其中
向古道深处飘，一如尘土扫起叶子

第二部　解

往事一点点遗失，残叶慢慢下沉，一颗星单落在树梢上，一段往年，一双眼睛，左边含红的那只总会挂着泪水浸润岁月。

——题记

1

轻轻打开田野深层的绿、泉水
打开心扉的窗棂，使时间灌入
融化、凝固，和轻飘飘的肢体
一些游走的不再返回的尘、碎
生命之上，繁衍、消失、更替
淘汰。抓住夜门弹敲无度的灵
潜入一个实事的起始、过程、腹地
深深触痛，不至千万次千万次放手
把多余的、没有边缘的线条擦拭
然后空出一颗心的高度、宽窄
放弃执着的执着、维护的维护
轻轻打开，秋意里肃杀的凄凉

西北风长驱直入，逼醒冷寒的
墓地，乱草深处隐隐往年的蛊

2

那些集体北漂的客，那些女人
带着孩子、带着家，一组房子
带着南来北往的火车票、飞机票
带着辛酸、泪水和无法言启的寂寞
缺失。唯一带不走的被红光绿影牵系
的那些命名为她们的男人……土生
土长的山坳里的女人，结伴搭伙地走
在大街上看风景、看市场、看高楼
看匆匆人流。多么不容易的城市客
无忧无虑地执卡消费，不停地填写
会员表、信用卡、VIP 卡、海航卡
优惠卡，未见世面的眼光和名字
显耀地注明出生地、曾住地、迁徙地
简单而黜拙的字符加上名字的羞……

3

哑然于荒谬、无聊的闲杂琐事
出门那一瞬简单和举手、顿足
你说：如果逝去、如果没有……
我只看天空丝绸云霞，暗香浮动
不轻易放弃经过的人怎样回眸
认识、熟悉、缠搅不清？回归陌生
那徘徊于难舍、低眉一笑、一语
我字字不落，等你涉足这片土地
你看看种子播撒的间隙和疏密
诗语轻轻乍放，像春天飞旋的蒲英
诗风拭去云翳，诗果缀满枝头
而我不醒你就不睡，我不语你就不弃
疲惫而执着生命的轨延展、引伸
踏上毫无防备的浪迹天涯、孤旅

4

只属于两个人，一种特殊语言
在行列之间组合，安插故事情节
环境，没有打开，也没有预设
触目难忘，微微浅笑、心有灵犀
似一种暗示的氛围、寂静，环境色
赤、橙、黄、绿，无法抓住的心绪
捕捉到什么？默默无语，独自轻笑
不停地重复：那深渊，美丽！纯洁
柔弱、唯一，还有什么？记得什么？
你不语，我也不问。天色晴朗
"那么美"你呢喃在清风吹拂里
草蔓舒展，平滑地经过那个秋天
我不知道自己走了多久？多远
而你身居我的背影之中多少年月

5

如果没有写出发梢上轻飘飘的汗滴
我就走了，你会不会执笔写一个字
从未开启的诗门在黑色畅想中
我不知道你能撑多久，宽怀坦胸
侃侃而谈，豁然惊醒的那一刻
谁的抚慰，让心转回，或据理相争
我放弃了，也释然了，其中相连的
省略、逗点、转身时丢下不离不弃
如果没有结局，如果没有来生
我们怎么在彼此的体中走回前世
我知道，我撒出的网线无法延伸到
更远的远方，而你日日崭露头角
在搁浅的舟心，任桅杆撩起涟漪
光华飞溅，你脱口一个字说出秘密

6

轻飘于粼粼水花之上，一片叶子
一朵花，冰洁的肢体，玫瑰沐浴
清澈见底，把自己缩小、缩小
翻腾扑打，飞跃之后，摇尾而动
轻游于潺潺水波之间，一丝风
一缕缕，盈袖柔美，相随而深
岁月的盅，被蜕变的一次次过程
萌生、发芽、吐绿、怒放、单落
我只想到单落，蝉鸣和深林中的静
整个季节的风景，某地、某桥头
平展的田间，某一日午后
擦肩而过，曲终人散，叶子泛黄
一个女子趟进人间河流，向岁月深处
走过一段冬季后知冷知热

7

你说吧，如果你没有任何理由
把夜深处无处可击的罪孽拿着
和一个无所事事的人说另一个女
那是你的女人的女，你没有忘记
你说出的责任，义务和敷衍行事
还有什么可以再拓展事态的浓度
所有可击、无处不击的缺失、事实
一个旁观者，目击者，一个心明者
你说了什么，给那个谁，跟那个谁
依那个谁，你说出什么就否定什么
"你心平吗？"这一生我只问一句
你哑然失语。你看天空蔚蓝，一朵
白云飞过，卑微的灵魂在村野高地
倾听风说，雨说，万物说……

8

寻你，以摇动的方式、旋转
以隐藏的方式，流血的方式
用皱折的伤痕，用沉默的
黑色的沃土，寻你多少年月
你们都老了，他依旧在没有定航
的空中悬着，他自知寻不到你
你那么微妙，弱小，悄悄地
躲在自我角落，他无法寻到你
这个自以为是的小女人，所以
他那么没有色彩，没有亮度
他只会牵强附会，拖泥带水
人们说：他不是好东西
因为他寻不到你，　他寻了这些年
他永远寻不到一模一样的人

9

她们是集体北漂的客，集体流浪
她们带着孩子、惯熟的蝉鸣，带着家
她们带着南来北往的火车票、飞机票
带着辛酸，泪水和无法言启的寂寞
空缺，她们唯一带不走的是被灯红
酒绿牵系的那些命名为她们的男人
她们带不走一汪泉水，月光清辉
在陌生他乡成群结伴，飘飞、超度
看风景、看市场、看高楼、看行人
城市艰涩，随雾霾和飓风长驱直入
用身体挡寒，不停地填写会员卡
签署名字，黑色边缘上隐晦注明
牧场和羊群，扬起尘沙的石粒
像村庄里的树，开花、结满相思

10

回到的那个年代很年轻
用幼稚的眼睛，小心翼翼地生活
看我和我看别人，带着胆怯
担着箩筐、挑水又忙奔的人
他们无法用完沉积的言词
他们似乎要藏住一半人生
让另一半生命露在光天化日之下
他们拒绝口是心非，皮笑肉不笑
全心贯注地看天相，看别人脸色
雨？雾？狂风？雷？还是灾难？
没有人认识一个她，出生了
出生了就落为孤客，那个年代
她是幸运儿，她幸运地被诗受领
从诗歌中走出，把自己变成诗

11

梦摄入一些旧人、旧事
故去的不想久居于墓穴的魂
他们出来了，走进现实生活
和这些怀想他们的孩子慕面
不搭理，不相谈，各做各的事
躺在高架彩门下的泥滩里
担麦子的中年人、拉犁的孩子
洗衣服的妇女。有人拍打浪花
所有场面和景色离尘世遥远
声音悬在故乡堤畔的土坯子上
喋喋不休，风言风语。了悟
像是走过年华而一事无成的人
在庄稼地里转悠，转眼即逝，
在城市的狭缝里流浪，难归

12

集体迁移，同一个名字身后的女人
围着众多的时间段做同一件事
集体出游，拎着大小包、人民币外汇
步伐相统一成海关处的受检客
集体足疗、集体面膜、集体逛街
她们是谁谁谁？为什么拨开沙粒
反复地捡拾贝壳、珊瑚、藻类
谁家的女人在城市的风中如此忙奔
集体膜拜、集体受伤、集体祈祷
从北方某山某水某地，向东向南向西
大街小巷，江河湖泊，欧典中式
病态的眼睛看山、看水、看花
完全组合成另一道城市避风港的景
她时尚、她天空、她权利，落幕

13

不住地挥手，看渐渐消失的人
笑容和道别在空中僵持
不曾放下，不曾收回摆姿势的手
来来往往、拥拥挤挤地上车、下车
天南地北，举杯共饮，扶栏而坐
舷窗上映出波光粼粼、凄凉凄切
谁家的孩子呀，孤零零地远出
搁浅的舟的哭泣和盈盈水流
踏上甲板的足迹里的挤挤新客
她们纤细的指环牵着故乡
她们颤抖的双脚沾着泥土
说着母语，藏着传说和童谣古曲
嬉笑生产、生育和生理密谋时
泪哗哗地拭巾飘向了海面

14

神读，我就想这一个词和一种微笑
河岸的风起，用近似无视的眼睛
采撷，还有你不曾留住的分离后的痛
夜空旷而不无设防的吠犬，呓语
你曾说 "坚守"，你对我放下一片云
每个夜，我倾卧和翻捡扉页的蝇字
都无法嗅出香醇和一丝亲昵的催促
你的冷漠和无视中的点滴寒意
浸湿了心湖一片难启的疑虑
我的岸头，荒芜泛浪，遍草泥泞
是该走了，漫天风铃摇熟了麦浪
你的不多一字，不多一眼的冷却
将我和这座孤房子掷出了季节
雷雨交加之时，我浅浅进入梦景

15

那清晰若昨天的一场聚欢
没有情节、没有嘱托、没有记录
人和阳光、山树、云彩、房子
都似往年，隐隐若现于隔世塌上
无语，表情麻木，动作迟钝
古旧院落，掀帘回望的人和我谋面
但她不看我，她背身去追跑
她追那一个个远去的亲人，她把
我甩在很深的地方，她对我的
表情是视而不见，沉默、疑惑
疾步离去，她视我如院落石头
我把整个夜叫亮了，却没有追上她
一缕阳光透过窗棂射在了我的枕边
一双冰凉的手抓起我说："起床了"

16

我的心音河远逝与纠结在他乡
夜晚的另一半，被自己劫持
在朝北朝南的风口，高粱红透
天籁之声缓缓响起，夜音是
浓黑的启蒙，谁在听，谁的胡思
隔着一张纸，和一种粗熟的鼾声
滑过时间故地，盲目奔波
蓝紫色的梦，飞跃、欢愉
和尽情地畅诉，却没有倾听人
一个夜晚的秘密和一生的坎
绕着解不开的谜去往寒风席上
张开饥渴的身体，把一座山
揽于怀中，你说：那不过一个名字
和一则小故事、一个单词

17

一起隐蔽、一起出走和夏天的炎热
和一句似是而非的醉语，淡淡地
记住我们走过的那条路，纷繁汽笛
我们那么静，能听见汩汩的脉流
无法入眠辗转反侧，询问，淡淡地
滑过，心明地顺着手势，风那么冷
夜像一轮好事的巫婆，我升在云中
我在你的绣衣里、在你裹严的蜜语中
轻轻地"丑女"、轻轻地"亲亲"
只有一个时辰或一整天的时空静流
我默然无语地奔放于时空外
天马行空，你删除，你封闭
你深入虎穴，用眼睛托起展飞的
肢体，抖落云雨，坠入红尘

18

夜中的犬吠从梦中开始，从忘记
和渐渐拉开星星点点的——帷幕
在山野中嚎叫，在大街小巷深处
惊动和遁逃，伴随急急匆匆的脚步
那些冷雪冰洁的小女人，无家可归
躲躲闪闪，她们终归是没有根的蒲英
在深湖和慢慢张合的黑暗中忘记痛
藏起羞涩，藏起无法言说的苦难
寻找消殒的花朵和叶瓣干枯中蠢蠢颗粒
拒绝太阳润泽中的细雨、微风、沐浴
而你呀，你能不能放下胸中的那个名字
跟着青叶翻飞的西风来到我久立的窗前
数数夜星落尘的醉，可是青春相思的泪
流在山峦中无数的灵光

19

我想问昨天你接住的那束红玫瑰
在我离开后的昨夜，某个时刻
你把一个幽兰芳香的梦缀在天空
你掩盖着一个女人忧伤的问候
对我说：她是前世没有绿叶的花
前世没有春，也没有夏，你只捧着
秋天收成站在我的檐下，你用撒谎
的方式，抓住一双纤细小手，你说：
桑田之上我独来独往，压住一千次疑问
微微回笑，然后关闭心门，把整个
世界拒绝，我在狭小低矮的人间
查询着离别、分歧和苦痛相关的描绘
在寂夜相守的黑色与昏暗之中
请问：那个守在你身边的人是谁？

20

我把这些女人挤在我的诗里
溪水就哗哗地在山间流动
浣洗河边，林木也按捺不住
干枯焦渴，开始沙沙摇动，它们
相互撞着枝桠和绿叶，什么都不说
即使只真爱一个名字，一片云
却从来没有谁说出，这山河
轮转的往年，遥不可及的小山村
和我童年、青春隔着厚厚尘埃
用一首无法开启的诗语分裂人格
与我爱过同一座山、同一条河的
女人走出山已把人生丢尽了，还有
丢失的那一段由你布景设场的雨
和雾蒙中流不尽、诉不清的幽怨

21

带着传说和她的往年，篱笆絮语
卷入一口枯竭的井，高粱上拔尖
掐断连接的骨头，将时间定格
那是生命唯一的交力、断裂
摇摆、穿越、深陷、极地、殇
被一股焦灼、淋漓的热流击却
走出身体荒漠、黄绿中的嫩芽
和春天湿润的风掀开苦日月
和那些莫名消失的影子、文字
倾心、问候和梦幻般游走
飞跃于指间组合、分歧、相投
伸卷的音符，涌泉一样涉入孤地
所有树木、蒲草、流水都感知着
爱潮和铺展辽阔的身体、湿地

22

伴着一种心情，一种前世约定
在葡萄园的藤蔓间，月明如注
你用新语言、新词句、新笑容
夹着古香古色，把记忆托上风铃
缓缓移动躯体，幻觉和梦境中
拼命地跑，一群人追赶而来、逼近
你紧紧抱着我，远山伸出无限长梯
我们攀上另一座高梯，看到云卷云舒
很多的我，组成来生或者前世
那蠕动般曲折的身影从原谅中复活
躯壳、蜕变、不知不觉地降临
无休无止，和一组数字反复编辑
分开，组合，缓缓变成人的样子
在黑暗一角若即若离，若有若无

23

我坐在车里、能看到天空
斗盘那么大，看到山嵌在云中
我说：我想消失，你无言看着我
我重复：我想消失。并手抓方向盘
你眼睛看着我，微微地摇头
我说话时不知不觉地升出一丝酸楚
时间不会因为一个人燃烧而停滞
燃烧的生命却与世界脱离联系
你淡淡的样子在片刻之间获得解脱
我的微笑挂在虚无上，贴着雪白
我说：我们回到人间来吧！你看看远方
整个冬把所有绿色杀伤得一丝不挂
我想，我经历了又毫无保留地把你
送回人间，在柏油高速出过事的地方

24

你看着一张照片的样子，我知道
你想到一个人，拥抱，抛媚眼
或者一个扭曲，不遮体的灵魂
在一张白纸上，有血迹和泪水
我知道你想说什么，但是没有说出口
街灯空旷寂静，你用不在场的编造
完美生活，我无法启齿地翻着日月
我想说："知道么？雪花刷白了世界
可是你不信我就不说了，你站在我的
左肩旁、长辫的绸丝搭在你的袖口
我想问："你想什么？"逝者无痕
你说："天变白了。"你说："真白"
我们彼此把对方当成另一个自己
这世界什么也没有发生，月明如珠

25

那只鸽子在我窗外的栅栏上
我认识它站立的姿势和鸣叫声
就像你走路时喜欢留意身后
就像你夹筷子的那只手，翻翘
我知道一切的一切都是唯一的
比如春意繁茂的梁上一个问候
你不信，我还说什么？时光飞逝中
我被触到深入、悬幻、痉挛和
那盆玫瑰红烛微微散香的台上
我想说："秋深了，冬将降临"
可是你吐卷罂粟迷醉的一缕青烟
萦绕、弥漫、侵吞了我的身体
我的草地、我的小麦和黄昏
我的四季和秋雨叶筋上的痕

第三部　殇

　　我们谈死亡吧，比如和我一起玩沙石的女孩；比如坐在青石板上飞滑的红衣；比如裹紧对襟棉衣只对我微笑的眼睛。

　　我知道，如今我已经老了，而你还那么小，用少女童音向世界诀别。

——题记

1

灰尘扬起落下，像我放走的几十年
月光洒满金铜的夜晚，你敲醒梦
用单调的童音，捅开麻纸粘糊的木窗
你说：山梁上的银幕展开了繁华
那时的光景，我们一小堆，一小撮
挤在树冠下，土丘上，避风窑洞里

你没有道别，在春色挂上树枝的凌晨
一声划破山野的声音把你送出人间
我背起沉重的书包，孤身走过乡场
那是我们一双小手日日相扣的花季
雪片飘飞的灰黄山野，我们朗朗读出
嘀嗒、嘀嗒、下雨了、下雨了、小鸟说
而你的影子飘在漫长、阴冷的天空
不停地叫"疼、疼、疼……"

2

一座古庙改修的学堂，石柱和青石案板
梅兰竹菊雕刻的碑石和亭台楼阁处
我们像两只小燕子，各自展开双翅
坐在高处石梯边缘，锁住脚踝，抿嘴
向低处院落，像沙漏里的星，飞滑而下
我能记住你略显沉静的脸庞，朗笑
一绺黑发绸缎似的披在肩头，飘扬
"我们再滑一次，我们飞到春天的远方"
我听不清你说什么，我在低矮处展开双臂
迎接你，"美丽的远方是我的藏身之处"
如果山风、野火能把你的灵魂吹得更远
那年春季的高粱地头，你长眠的砖石下
一片紫花地丁丛中，轻飞的蝴蝶抖动着
薄如蝉翼的翅膀，迟迟不愿舍你而去

3

裤角，蓝色和红色浸染，潮湿
渗透了裙衣，从脚踝上流下
滴滴血迹纠结着儿时的记忆
你疲惫不堪地抬起头，悄悄对我说：
"我不会死，我不放弃"，影子摇晃
从篮球场穿过一片梨树园的田埂下
总会蹲着两个小女孩，无所不谈
你枕着我的怀，我扶着你的头
村中独木桥，把东头和西头连起来
我必须把你送到最东头的高崖下
黄土窑洞的院落，樱桃那么红
疲惫的父亲缓缓研墨，展开宣纸
你一撇一捺，飘逸灵动的行书，在十六岁
的花季中筑成了刀剑斧犁的书法

4

我那么羞于站在队列前喊出"一二一"
你说："我来试试吧。"在校门外的
一块土白色石头旁，就咱们俩历练
看着瘦小的你，我说体育指挥你行吗
"行。"你站在前方比划着指挥棒
展开双臂引领同学们唱歌、做操
黎明晨练钟声敲响，黑压压的操场
童稚的嗓音里发出高亢的声音
你挥舞毛笔的双臂从悬空中充满气场
龙飞凤舞，我隐藏在内心深处的谦卑
无法摆脱小家子气的"优秀、三好"
高傲地经过你，经过摇摇晃晃的童年
远方玫瑰红的血色浸染了少年
我还是老样子，而你去了哪里

5

你存在，以尘土的方式
从生命的热血中离开
向另外一种天地中走去
你说人和灵魂相互偎依
用眼睛、耳朵装扮着好日子
可是谁又窃取了你的健康
让你选择之后的路和茵蒿
向天堂、地狱、幽暗的山中
飘零、飞逝，比山花凋零更早
你没有诀别、舍弃，你微笑着
无数告知的去处通向光明
听一种禾苗崩裂的声音把春天叫醒
从死亡中播撒种子，从锤炼中的复活
而谁的眷恋让生命终止在时间河

6

你永远是年幼时的样子，勾着指头
微笑，与我畅聊往年的日子
你穿着乳白棉丝的衣衫站在家门前
敲开我封存久年的记忆
你说我是你前世的乡亲、姐妹
把一段好年景和吟诗作画
放在夕阳垂落的夜幕中
拿一把颜色，铺开纯色的白
我怎能忘却你浅笑的暗处
村野多么安静，我的思念多么安静
释放我吧，如果你手中的链锁
束缚着前五百年的人生
我采摘果实寄存的往事
与我生命中长出的萱草，深藏你

7

这天空中的忧伤是季节轮转，风
和雨来前的一段絮语，一个女人
把孩子放回尘埃，想留点什么
你说给我，你慢慢把牵念挂在心中
在熟稔的河槽枯草间，一年又走了
我们逝去的年月有你全生的隐患
和浓墨之间飞白的失缺
我明知，我是用天空来掩饰的
孩子的眼泪不就是那黑色幔帐上的
云吗？我想对你说，我深深抱怨
你放下亲人和孩子飞向自由塔
没有分担、没有痛苦，没有难活吧
你怎么把一双幼儿幼女放在人间
让他们变成孤苦无依的孩子
你却站在高处，微笑含笑
你合身束腰的衣襟，在轻和的影子里
晃来晃去，我看到一座古宅邸
那可是我们曾经生活的前生？

8

我们说日子，这把年纪了
说说你那负心的男人
他能忍下心地撒手而去，你就
不要再为他而活，为他厮守
你拿着色彩，拿着绢薄
南山和北山的每一处风景里
三十年前和二十年后的孤灯案前
我们写字吧，紫藤篱笆的工笔
拿着两颗成熟的枇杷，一半红堤
一把酸枣，满秋杜梨，红罂粟果
和风风雨雨中的挣扎，无依
你急促而来站在我身旁，毫无预兆
谈论前村女子，后村姑妈，还有
盛满一坛青花蓝瓷的笔洗，做祭

9

我把忧伤放在阴天里
下雨的嘀嗒声能听到麦子问候
听到苹果树低诉，像我年幼姊妹
每次走过亲人村庄和满山荒凉
就像高层的绿叶潇潇回落
而春天的河水流出苦寒的眼泪
梧桐树下的人家记得我的过去
苍白、衣不遮体，屋檐下的滴雨
都是我们同窗共读的春去秋来
你在我脚步未及的山间与禾苗共枕
我们同时聆听玉米拔节的响声
小路带走了饥饿，也带走了你
一如你的死带走了我的童年
果子熟落，击碎了生命这盏灯

10

我能说出关于村落的记忆
已寥寥无几，关于我们走进的校门
过往的客，多少名字，饥渴的眼睛
那个男高音的学童，自食其果
与这个世界告别了，他是你的同桌
他藏起书本，把整个雨季送给了母亲
我们走多远都无法抓住一次停顿
那片猩红的文字在风吹日晒中
多少鞋履下的痕，和时间擦肩而过
你一生无以模仿的无法回头，回望
月圆之夜，一片云怎样诠释了
阴晴圆缺？你就是你消痛的药
一剂若水在冰河化开时香消玉散
你无痛而土地多了一处伤痕

11

我就用一些花草的名字写你
回避九月秋风扫落叶的霜寒
我携带风尘的雨伞匆匆赴约
沾满泥土的乡音是我多年的辛酸
只要天边鱼肚纹的白云把
赶早的人从睡梦中唤醒
我就想起某年某日的早晨
我怎样放下曾经的执着
把自己逼向世俗的河岸，对着
清晨的风，低下头认错，我错了
我的错是一而再，再而三
徘徊在未涉世的蓝天里
坐在阴冷的玉米堆上，我裹紧
旧绵袄里的躯体，没有学会逢源

12

离开山时，你没有给任何人打招呼
你调侃地说：你将去向北的方向流浪
每次笑容后眼泪和漫漫长夜
都是你不知所措的借口，这样看开了
羊群在高粱上有羊群的活法
你卑微地拿出积蓄养活城市里的宠物
你说你什么也没有，就剩下钱了
你风尘仆仆地走着走着把故乡走丢了
用一掬河水能把村落从荒山野岭
中带回，你不想走啊，像紫花地丁
将要告别土地，一只脚踏上远乡路
满目疮痍和飘渺无依有什么区别
你捧着半生的两手空空，像一盏小油灯
游飘在漆黑夜空，闪烁一下与世界诀别

13

玉白，如果相对于黑暗，你知
有一段不为传阅的历史，总是
设局，走出某种圈套、某种爱情
和与年龄相仿的淡漠、释怀
不在梦中，却分明于黎明失却的
记忆，有相悖的大言可危
我不得不俯首对着心仪的男人
把自己压在低水河岸的槽上
对月、对天、对一个似是而非的地名
那确定是我曾经走过的往事
我说忘了，我在你无法理喻的昨天
捧起发黄的相册，有扭捏的签名
带到时光河岸，冒出沙石的流痕
仿佛童言：不想去啊，我多想活

14

只要两个字，和一个眼神
一个转身，你走在我前方的背影
一把辛酸的眼泪，不曾溢出
天空阴沉沉的脸色
我想一句话说出一生的怨
可是我没有找到能诠释心灵
的文字，我摊开的双手曾
扶在姐姐肩头，陪她过马路
一天又一天地重复，那些苦日子
她想知道我日夜难眠的窗前
（谁的风铃在夜色浸湿的岸边）
风铃的清脆抖落花蕊里的粉尘
我们相随的影子和文字中的情节
有一段吻合，可我想问你
那个人是我的前生？还是来世？

15

断断续续地写出一些字
就像母亲门前枯锈的篱笆
它不承载年荒，只记录一个家族
曾经这个家族中圆满的春节
对联、团聚，新衣服中的娃娃
篝火映红的脸庞，从子夜的麦场
传来嬉闹声，捣衣声，虔诚祷告
我只想记下落在梳台前的发丝
有谁可以丝丝缠绕成一个巢
我在湿热的炕头，坐了一上午
没有遇到盼顾我的人
他们都去了哪里？他们出人意料地
从我生命中消失
把我像颗石子从家门掷出去

16

在深夜杂乱的书摊上寻找
我喜欢的诗句，我不认识的名字
他和我一样经过很多事
忘掉很多事，脱掉曾心仪的服饰
把它压到衣橱的最底层
薰衣草的香浓里散出淡淡的涩味
陈腐发黄的日记散落在垃圾上
你说，你不会回到曾经的地方
即使你离去，不要把你带回那个垣
你听听亲人们的声音，你听听
谁在你的耳边呼叫，我不认识的面目
他是我前世的亲人，他和你一样
在时光经过的坎坷中被熏陶
而衣冠楚楚地来到我面前向我索爱

17

咳嗽和高烧，都是时间中的
黑狗咬着身体的弱点直续僵局
包括彼此之间的相互对抗、较劲
说和不说都无法理清的思绪
闪现在时光盘上少年的微笑
亲昵、相携、相伴的朝朝暮暮
可是你还是要走了，你无法挽回
我双手拱举的香炉在夜空中摇曳
一个独影和月亮、星星伴到黎明
反复地回忆，一段情景，一些话
一个人，和她面对面的相视，相依
我想我也该放手了，有些事、有些人
我不会带着时光的恶疾与你分离
我会从黑夜深深的疼痛中把你
从眼泪里流出，然后刻上日期
写明某年某月某日生，逝于
何时何地，像梦一样走了

18

雪飘在他乡与一个人的眼泪
相遇，与一位悼亡的诗人
披着风和一阵又一阵呜呜
走过弯弯曲曲的山路，暗河里的水
四散放流，有什么可放不下的
雪飘在他乡一个诗人的墓碑上
以泪珠的形状结冰，融化
正好流至楷书碑文末端，著名
和姓氏的阴刻刀痕，渗透了黑色
"你无力偿还麦地和光芒的情义"
我的睫毛和发丝上满载岁月
灰尘和旅途中的世态冷暖
雪飘在落叶的门前留下我
歪斜的脚印就像生命深浅不一

19

因为一个事实与年轮的曾经
一起走出，有共同的美丽和
一张微笑，充满青春的面孔
在特定时分相遇，分道扬镳
像失群的燕子，在一个群体中
退出，尽管阳光充足，岁月变幻
我们共同走在家乡的小路上
攀上山树的悬崖和一道风景
经过往日，萌生一种莫名的感慨
你不认识的树，你不认识的孩子
你不认识的他乡，土地，山凹
有我锈铜的童年往事
我们坐在一片绿荫下，背靠背
眼睛里有黄昏闪过

20

静静坐在秋天上，晨霜感受
到我的脚踝，离去和回来
对你任何文字都无法颠覆
躺在忧伤的花朵中，闻香醉倒
走在乡间小路上向去岁说别
我拉上远出的行囊与你并驱
互诉山河流水中的日子
我用别离的心记录走过的路
每座桥下车流如注的速度
像我无法掉头的人生
躺在时间上，那些与我无关
的农人，眼睛里有岁月和磨难
而你净人走出一道门槛后
曾说："世间就是鬼魂的村落"

21

鄂邑河的水里流着绿色的倒影
每一棵树木都有一段人生
一个女人和一个地域没有名字
鄂邑河岸的女人像冰水流经春天
秋天、冬雪淹埋在杨柳中
所有土地能分辨每一堆白骨中
恶疾、忧伤、困苦、思念
这样那样的孤男寡女，山前屋后
繁衍、死亡、爱恨情仇，有一些
名字，有一片森林向土地上倒
重新填满生命长河里的相识
已结痂的伤口通过死亡止住疼痛
走前，她的右手里有一部人生
在舌尖上暗藏河水和季节冷暖

22

如同打开命运之门，又关闭
用这最后一页，大风席卷的夜
不忍用尽、搁置笔翼、收藏记忆
然后将已干枯的砚泥夹在尘埃里
不忍了结着最后的文字、符号
像告别过去的自己，青衣女子
站在风口，清风轻抚，过往的人
献出五百年不曾启唇的方言
面对着脚步涉足的远古道声别
面向苦恋的山脉，村落，树木
已远去而无法唤回的骨肉至亲
精心经营的人情世故，画一朵梅
让它谢落前微微展枝的瞬间
将美留下，和心爱赴约

（笔夹在本子里搁置了很久，不忍了结这部长诗的最后一首，一如我
的生，不想走。）

诗，人性的避难所

——读裴彩芳的诗有感

/ 张童童

　　当你生活了一整天以后，是不是会感到疲惫？当你若无其事地张大嘴巴打个哈欠，梦说不定就跟着来了？夜星一定会在你的头顶，神秘而体贴地眨着它们的眼皮子：让时光松弛一下，该睡了，明天马上就要到了。其实，永远马上就来、永远没有尽头的明天，是永远令人无法触及的事情，正是因为它蕴含着无数不确定的富于诱惑的温暖的希望，才使人类拥有了不竭的意志力。于是，诗，在累积着震撼天宇之伟业的小事情中，就生成了。诗是一种生存状态，让诗包裹着自己的时间和路程，让自己的心将诗从自己的时间和路程中孵化，都是无比轻松和昂贵的事情，只要亲近了它，无论是谁的人生都会在充满了苦难的同时而阳光四射，就像伊路青鸟所说的那样，"我在你的双翼下 / 四季如春。"

　　诗，是个苦难人，无论去留，都会在深谷里引领人类靠近安宁。在伊路青鸟的诗里，我们可以看到"死比生久远 / 诗比死亡更久远"，她渴望"把诗藏进受灾的麦地 / 用原始的耕犁播种垂落的岁月"，让貌似黯然的"一个名字站在历史的高度",派"一场灾难录下千古",只要能"把新诗打包成不眠的夜",她甘愿"提着满篮子的梦 / 去乞讨",纵使这样的固执会使自己一步步地"变得安静、孤寂、并独来独往",纵使诗在"多病的日子里"被"风的谣传困住了",她也"不会禁不住地乱了脚步和言语",她相信"一个新的变化 / 伴着一个新的节令","那一帘黑旷里 / 会有一个生命"。在伊路青鸟的眼里,人与诗是一体的,"我们的心相融在一起 / 互相取暖 / 迎接黎明和爆竹后的一切苦难"。

如果诗是孩子,那么,"让我在黑暗中 / 在云外看着你";如果诗是母亲,那么,"你一定要挺住 / 像山一样 / 来生 / 一定等我 / 我还做你的孩子", 因为,"我是你的暗伤 / 是你遮掩了一生的心痛";如果诗是"我想告诉你所有的真事和难过"的爱人,那么,"有了你的歌 / 我将沿山底爬向黑夜","把文字拼凑成艺术 / 写出你的流年",用"胆怯而真诚的声音 / 亮成三更的透明"。而你,"你娶了我 / 把我寄放在深渊里","你保持着幽默 / 刮着我的鼻子 / 一边逗趣一边说:'哎 / 这是你的心 / 它会飞了 / 飞到了我的心'"。

是的,人类应该保持以诗来生活的最高境界,"不要在乎好事者的眼神和表情 / 多一份真实,多一份坦然,多一份爱心 / 珍惜每一个邂逅 / 和生命的原本,还有闲暇里的问候 / 调侃和私语,把灵魂晾在众生的案头";是的,"我出生的时分是艺术的时分","生下来就呼吸着你","我愿意 / 彩蝶给你、花香拥你、蝉曲随你 / 长旅留给我";是的,"我来了 / 在一个黄昏的收工行列",跟诗"一起年轻 / 一起潇洒",以诗的积蓄为资本,"一天穿一件衣服 / 穿上最新款的服饰 / 升一个日头,换一个模样";是的,诗,多么轻快而无忧啊,"我将宽恕所有的造谣嘴巴 / 我将宽恕所有的吃人的巨齿 / 我将宽恕所有的带血的爪牙 / 我将宽恕所有的阴谋的使者 / 诗和爱在一起、诗和伤疤连着", "让沉淀的尘土不再飞扬 / 让好事者的眼睛不再尖锐"。谁都知道, "诗的语言和现实很远", 然而, 对于诗, "我很量小 / 只能容纳你一个"; 对于诗, "我很量小 / 只能在乎你一个"; 对于诗, "我仅仅是 / 五千年的尘风里 / 起航时的帆影"。"为了儿时的梦 / 我开始走夜路 / 爬在夜色浓重的寂静里 / 难以放弃"。"我出生即为流离 / 饥寒交迫, 满目疮痍", 还 "没有来得及去记忆的小屋探望母亲 / 也没有来得及去远方的学校鼓励孩子 / 没有踏着月光和亲爱的人花间一聚 / 还有那熟悉的游船上举杯畅饮", 但是, "梦也会拖着黑暗, 疲惫 / 屏蔽外界", 拒绝污泥浊水。当 "多少秘密会被这样轻轻的一个决定 / 明朗了" 的时候, 我相信, 像伊路青鸟这样以诗为生命的人, 同样会跟她那样, 毫不犹豫地对着俗世的规程说道: "我是三好学生 / 我是优秀的人 / 我渴望广裹的世界", 纵然 "死在戈壁滩的沙漠里 / 躲过人类 / 沦为晚霞的葬礼", 却一定会在诗这方 "无论高贵、富有、成功 / 还是低贱、贫穷、失败" 的热土上, 将 "我的血 / 我的爱 / 我的一切将灌输在这里 / 安息"; 一定会在 "离开这无所不奇的人间时 / 面对头顶的太阳 / 无愧地说一声 / 我走得干干净净"。

"钥匙的清脆声消除了旅途的疲惫 / 打开家门 / 像是开启了一个世界", 这就是像伊路青鸟这样的不计其数的诗人们向人间万物所打开的无比敞亮的心灵之门, 我们完全可以祈望世界的财富与文明一定会与诗的清香越连越紧——诗, 在成为人性避难所的同时, 已经被奉为人间路的拓荒人与引领者。

后记　寂寞成文字的样子

从默然，独自走进书房，翻开一本书，又一本书，无法从一页铅字中停驻。

我不知道，我想寻到什么？夜已爬进窗户，整个黑扒在玻璃上。房间壁纸的影子若隐若现，我很低，只有伏案的双臂，不时在玻璃上晃荡，我能看见，它戏悦地闪烁一下，就消失了。

书房地台上布置着笔墨纸砚，排列的各类书籍摆在伸手可触的长桌台下。我自在成别人无法走入的空间，小房里任我孤独地繁华着。很多笔在一方大于文具盒的精装饰品箱里，各色各样。很多纸，很多本，很多字，我几近埋进一种凌乱，蚕丝锦被单薄地摊开，在身体边缘，枕头上七零八散地翻着一些书，小说、散诗、法律、女性礼仪读本，一种思、欲、饥渴、颤栗，伴之焦灼熬煎。

我起身，坐在窗前，想起谁的诗里"那盏灯，象黑暗脸上的一滴泪"伴之无法言说的沉重。

夜里，多少影子独守青灯？

多少故事？生命，一颗星灭了。

总想追问：究竟想抓住什么？存在、现时、心念，在一组文字中与此时此景相重相悖。

我知道，无法将真实的我完整地摆在纸上，十年前、十年后，我都无法写出一些词语和时光消减而不能抓住的死亡，刻在青春即失的恒远滩上，如丝如缎、淡如桃红。

一切都在失去，亲人和际遇。

吊顶灯映在玻璃上，和我的影子破碎得无法完整。

涌潮般的语言，在夜之上飞翔，悄悄隐没和突然发生的存在、拥有、失却。

无法摄入的空泛和与之间隙的异同，寻捡和丢落相击。高于现实，低于灵感捕获的瞬间，我深陷。

尘埃、雨露、飞沙走石，悄悄地来，默默地去。女孩、少女、女人、老妪……衰竭、坟冢。蒿草荒凉的古沙场，故国如春。

当写下："安夜女，去到你的明眸深处摘下含紫红。"我记忆中的女子，扣启城门，向我的国土走来，和我相伴而行，时而与我重合，时而离我而去。我们相互倾诉玫瑰露洗的心愿。

秋天将至，我在众生齐整的安睡中，静静地写。

我仍然无法把一个真实存在跃然赋予纸上，用一种新诗体，写出历史断裂的痕迹。你知道，原野的梁上，蹄践飞落的足迹，踏碎了陈词相载的旧车辙。

一片叶子泛绿，夏天繁茂的果实，压落了潜心的诗语，冬晨凌寒的霜露，干落成一滴泪。

一个生命的影子，一组文字的前夜、后夜，积劳成疾。

我写出"桂花"，月正上玄，而月光皎洁的深处，有我一段是梦而非的依托。

今夜，细雨轻扣窗棂，我看着窗格，起笔落雨，一组更新的词涉入……

忘记嘈杂，忘记丑陋，捕捉瞬间珍奇，达到精深，再返回单纯，是深化。"艺术来源于生活""博览群书"等等，这种人人皆知的道理我不想多说，我只想说：我并不是诗人，但是我能永远沉浸在墨香的世界，保持一种心境，坚守一种状态，并力图在其中滋养我的幸福和忧伤，弥补我的遗憾和期许。

彩芳匆匆写于 2015 年 8 月 29 日

图书在版编目（CIP）数据

紫露秋黄 / 裴彩芳著. -- 太原：北岳文艺出版社，
2015.11
（晋军新方阵·第2辑）
ISBN 978-7-5378-4590-8

Ⅰ．①紫… Ⅱ．①裴… Ⅲ．①诗集－中国－当代
Ⅳ．① I227

中国版本图书馆 CIP 数据核字（2015）第 263997 号

书　　名：紫露秋黄
著　　者：裴彩芳
责任编辑：王宜青
装帧设计：张永文

————

出版发行：山西出版传媒集团·北岳文艺出版社
地　　址：山西省太原市并州南路 57 号
邮　　编：030012
电　　话：0351-5628696（发行部）
　　　　　0351-5628698（编辑室）
传　　真：0351-5628680
网　　址：http://www.bywy.com
E-mail：bywycbs@163.com
经 销 商：新华书店
印刷装订：山西人民印刷有限责任公司

开　　本：890mm×1240mm　1/32
印　　张：8.625
字　　数：210 千字
版　　次：2015 年 11 月第 1 版
印　　次：2016 年 1 月山西第 1 次印刷
书　　号：ISBN 978-7-5378-4590-8
定　　价：29.80 元